一剪宋朝的时光

宋词之美

白落梅 作品

湖南文艺出版社
HUNAN LITERATURE AND ART PUBLISHING HOUSE
博集天卷
CS-BOOKY

图书在版编目（CIP）数据

一剪宋朝的时光 / 白落梅著. -- 长沙 : 湖南文艺出版社, 2019.7

ISBN 978-7-5404-9221-2

Ⅰ. ①一··· Ⅱ. ①白··· Ⅲ. ①宋词—鉴赏 Ⅳ. ①I207.23

中国版本图书馆CIP数据核字（2019）第080994号

上架建议：畅销书 · 文学

YI JIAN SONGCHAO DE SHIGUANG

一剪宋朝的时光

作　　者： 白落梅
出 版 人： 曾赛丰
责任编辑： 薛　健　刘诗哲
监　　制： 于向勇　秦　青
策划编辑： 刘　毅
文字编辑： 王槐鑫
营销编辑： 刘晓晨　刘　迪　初　晨
封面设计： 末末美书
版式设计： 李　洁
内文排版： 麦莫瑞
出版发行： 湖南文艺出版社
（长沙市雨花区东二环一段508号　邮编：410014）
网　　址： www.hnwy.net
印　　刷： 北京天宇万达印刷有限公司
经　　销： 新华书店
开　　本： 875mm × 1270mm　1/32
字　　数： 202千字
印　　张： 10
版　　次： 2019年7月第1版
印　　次： 2019年7月第1次印刷
书　　号： ISBN 978-7-5404-9221-2
定　　价： 58.00元

若有质量问题，请致电质量监督电话：010-59096394
团购电话：010-59320018

总序

写字寄心，煮茶待客

魏晋之风的琴曲，空灵中有一种疏朗，又有几分哀怨，如冬日窗外的细雨，清澄而寒冷，直抵窗前，落于柔软的心中。

这样的雨日，须隔离了行客，掩门清修，亦不要有知心人。一个人，于静室内，焚一炉香，沏一壶茶，消减杂念。

《维摩诘经》云："一切法生灭不住，如幻如电，诸法不相待，乃至一念不住；诸法皆妄见，如梦如焰，如水中月，如镜中像，以妄想生。"

佛只是教人放下，不生妄想执念。却不知，世间烦恼恰若江南绵密的雨，滴落不止。该是有多少修为，方能无视成败劫毁，看淡荣辱悲喜。那些潇洒之言、空空之语，也不过是历经沧桑之后，转而生出的静意，不必羡慕。

我读唐诗觉旷逸，读宋词觉清扬，看众生于世上各有风采。诗词的美妙，如丝竹之音，又如高山江河，温润流转，有慷慨之势，让人与世相忘，草木瓦砾也是言语，亭阁飞檐也见韵致。

想来这一切皆因有情，如同看一出戏，本是茶余饭后消遣之事，可台下的人，入戏太深，竟个个流泪。然世事人情薄浅如尘，擦去便没了痕迹。他们宁愿在别人的故事里，真实地感动，于自己的岁月中，虚幻地活着。

佛经里说缘起缘灭，荒了情意，让人无求无争。诗词里说白首不离，移了心性，令人可生可死。那么多词句，虽是草草写就，却终究百转千回，似秋霜浓雾，迟迟不散。

翻读当年的文字，如墙角未曾绽放的兰芽，似柴门欲开的梅蕊。那般青涩，不经风尘世味，但始终保持一种新意。远观很美，近赏则有雕琢之痕，不够清澈简净。

后来，才学会删繁就简，去浓存淡。知世事山河，不必物物正经，亦难以至善至美。好花不可赏遍，文字不能诉尽，而情意也不可用尽。日子水远山长，自是晴雨交织，苦乐相随。若遇有缘人，樵夫可为友，村妇可作朋，无须刻意安排，但得自然清趣。

琴音瑟瑟，一声声，似在拨弄心弦。几千年前，伯牙奏曲，那弦琴该是触动了钟子期的心，故而有高山流水觅知音的可贵。而文字之妙意，与弦音相同，都是一段心事，几多风景，等候相逢，期待相知。

柳永有词：“风流事、平生畅。青春都一饷。忍把浮名，换了浅斟低唱。”他的词，贵在情真，妙在那种落拓之后的洒脱。世上名利功贵纵有千般好，也只是浮烟，你执着即已败了。又或许，人生要从浮沉起落里走出来，才能真的清醒，从容放下。

都说写者有情，读者亦有心。不同之人，历不同的世情，即使读相同的文字，也有不同的感触。有些人，一两句就读到心里去了；有些人，万语千言，亦打动不了其心。

也许，那时的我，恰好与此时的你，心意相通。也许，这时的你，凑巧与彼时的我，灵魂相知。也许，你我缘深，可同看花开花落。也许，你我缘薄，此一生都不会有任何交集。

人间万事，都有机缘。我愿一生清好，在珠帘风影下写几行小字寄心，于廊下堂前煮一壶闲茶待客，不去伤害生灵，也不纠缠于情感，无论晴天雨日，都一样心境，悲还有喜，散还有聚。

当下我拥有的，是清福，还是忧患，亦不去在意，不过是凡人的日子，真实则安好。此生最怕的，是如社燕那般飘荡，行踪难定。唯盼人世深稳，日闲月静，任外面的世界风云变幻，终将是地老天荒。

过日子原该是糊涂的，如此才没有惆怅和遗憾。天下大事，风流人物，乃至王朝的更迭，哪一件不是糊涂地过去？连同光阴时令，山川草木，也不必恩怨分明。糊涂让人另有一种明净豁然，凡事不肯再去相争，纵岁月流淌，仍是静静的，安定不惊。

流年似水，又怎么会一直是三月桃花，韶华胜极？几番峰回路转，今时的我，已是初夏的新荷，或是清秋兰草，心事与从前自是两样。所幸，我始终不曾风华绝代，依旧是谦卑平淡之人。

女子的端正柔顺、通达清丽，让人敬重爱惜。我愿文字落凡尘，亦有一种简约的觉醒，不去感怀太多的世态炎凉。愿人如花草，无论身处何境，都不悲惋哀叹。人世不过经几次风浪，寻常的日子，到底质朴清淡，无碍无忧。

人生得意，盛极一时，所期的还是现世的清静安稳。想当年，母亲亦为佳人，村落里的好山好水，皆不及她的清丽风致；如今却像一株草木，凋落枯萎，又似西风下的那缕斜阳，禁不起消磨。

看尽了人间风景，不知光阴能值几何，如今却晓得珍惜。世上的浮名华贵，纵得到，有一天也要归还，莫如少费些心思。不管经多少动乱，我笔下的文字，乃至世事山河，始终如雪后春阳，简洁安然，寂然无声。

光影洒落，袅袅的茶烟，是山川草木的神韵。我坐于闲窗下，翻读经年的旧文辞章，低眉浅笑，几许清婉，十分安详。

白落梅

目录

第二卷◎众里寻他千百度

第三卷◎剔尽寒灯梦不成

第四卷◎一蓑烟雨任平生

第五卷◎流光容易把人抛

第六卷◎多情帘燕独徘徊

第七卷◎梦里不知身是客

前言
盛雨煮茶，等候故人重逢

秋雨潇潇，不急不缓，就这样，下了几天几夜，不肯停歇。仿佛要把千百年来的风云世事，慢慢说尽。溪桥柳岸，屋檐瓦舍皆是雨声，安宁中带着远意。而我所能做的，则是闲居室内，煮茗听雨，在一卷宋词里，与尘世风景相忘。

庭院里轻烟疏淡，草木清润，无有历史，亦无苍凉。大雨如倾，似要冲洗过往一切，在雨面前，人世所经历的种种，皆渺小若尘，微不足道。多年前，我便是那个从江南雨巷走出来的女子，红尘经世，仍自婉约静好。

流年寂寞，唯文字，知心解意。那是用一阕词换一壶酒的朝代，也是用一首词可以换一座城池的朝代。多少风流雅士、绝色佳人，于宋朝的春风亭园，杏花酿酒，松针煎茶，即兴填词，岁序安然。

宋词清丽婉转，风流多情，艳句浓愁，抹之不尽。我与宋词，虽隔千百年时空，却有着斩不断的情缘。那时年少，楼台听雨，为赋新词强说愁。如今，过尽世海沉浮，聚散离合，却是不愁不惧，亦不觉凄凉。

几多兴废沧桑，爱憎恩怨，在光阴的溪流里漂荡，算是过去了。且看那水流花开，江山无恙，纵遇乱世荒芜，岁月萧条，终是平静深稳。奔走一世，修行一世，只为寻一个高山流水的知音，为了一段三生有定的尘缘。

世景浩荡，多少人情物意，成败荣辱，皆浮在纸端。走进词卷里，时而去了江南，立于春光陌上，沐满身花雨；时而又去了边塞，看一场刚止息的战火硝烟；时而和某个落魄帝王，忆一段故国不堪回首的往事；时而又和某个风流词客，于秦楼楚馆，琵琶弦上说一曲相思。

千年亦只是一瞬，似流水轻烟，万千故事，落于日月山川里，无有遮蔽。可一别经年的岁月，仿佛只在昨天，喜乐忧患又是那样地真。我是端坐于旧时画堂的女子，看廊下细雨，邻舍炊烟，只觉日子安稳顺遂，妙不可言。我又是那行走阡陌的旅人，看霜染秋林，西风残照，感江山胜极，世事如梦。

自古因缘聚散，皆有情有义。富贵功利，亦是合情合理。宋词，好似一朵幽兰，秀美绰约，柔情素心，少了浮气，多了一份遗世的静美。有时觉得，宋朝的人物，因了宋词，亦是那般悠然娴雅，活得从容而有境界。

时令迁徙，听罢梁间燕子呢喃，又闻秋虫寂静。过往山河如断壁残垣，无须修补，自有一种苍茫磊落的美丽。汉唐风华，宋明气度，在清冽的流光里，亦是照影惊心。于世人眼中，宋词华丽端雅，似春阳新枝，明净摇曳，剪剪轻愁。又似佳人，美目流盼，脉脉情思。

而我，亦恰好喜欢词的意境，为之情深不改。它有时若江南丝雨，牵愁惹怨，酝酿悲情；又似良药仙方，消灾解难，打发流年。文字有心亦有情，让你时而潸然泪下，时而激扬快意。

窗外琳琅风雨，内心沉静无波，无有烦喧和扰乱。几盆淡菊，内敛典雅，归真返璞，它的锦时亦只在刹那。桌案上，新得的碧玉香炉，轻烟袅袅，室内弥漫着老檀深稳的香气。曾几何时，新宠取代了旧物，年华更换了心情。

千年前，我是词人笔下的女子，倚着柴门，看尽人间四月芳菲，立于厨下，打理碗盏，擦拭尘灰，等待晚归的良人。而今，我走出词卷，安心做个凡妇，静坐檐下，穿针引线，喝一壶陈茶，听别人的故事，淡然闲远。

我又时常说，我的前世为一株梅树，历千劫百难，方幻化为人，来这熙攘世间走过一遭。多不容易，方能和你相遇，于江南庭院，于烟波画船，于某个临水的茶馆。可为何走过长亭古道，晓风残月，经千回百转的光阴，始终不能来到你的身边？

也许太早，也许太迟，缘分也当真是糊涂，未曾好好相守，便已擦肩。以后的日子，无论时光是急是缓，我都从容不惊。比如此刻，翻一本线装宋词，盛雨煮茶，等候静美秋阳，等候故人重逢。

白落梅

引言
一剪宋朝的时光

不知道这是第几个秋天了，窗外，兰草淡淡，就像清简的日子，像午后长廊里一缕微风。依稀记得宋朝有个女词人，在秋天，佐一杯记忆的酒，在闲静的窗下，独饮；写下一段瘦与黄花的心事，托付给流年照料。

喜欢读简约的宋词，喜欢写安静的文字。如同喜欢将一杯茶，喝到无色、无味；喜欢将凝重的岁月，过到单薄、清新。其实往事早已苍绿，在时光的阡陌上，我们依旧可以邂逅，一朵含露的花，一片水灵的叶和一株青嫩的草。带着洁净的心，翻读一卷宋词，会发觉，每一阕词，都会说话，每一个字，都有情感，每一个词人，都有故事。

在深邃无涯的书海里，我们都是一叶漂浮的小舟，永远不知道，此岸和彼岸的距离有多远。只是凭着一种感觉，寻一处适合自己的港湾，做短暂的停泊。也许你和我，有一段缘分，才会相逢在今生的渡口，一起投宿在宋朝，某个不知名的客栈。从此，就可以将年华以及年华长出的记忆，都安放在一册书里，安放在淡淡的徽宣上。多年以后，像观看一部古老的影片，依旧黑白分明，情节如初。

佛说，万物皆有情，在有情的岁月里，我们每个人，都可以做真实的自己。世俗给你我的，不过是一件或朴素或华丽的羽衣，我们可以装扮得更加妖娆，也可以褪去所有的光环。做一个明心见性的人，以清醒自居，以淡然自持，这样才可以更好地放下执念，让不舍得，成为舍得，让不快乐，成为快乐，也让一无所有，成为拥有所有。

我的前世，是佛前一朵青莲，因为没有耐住云台的寂寞，贪恋了一点凡尘的烟火。所以，才会有今生这一场红尘的游历。于是，那些有性灵的物象，总是会如约而至。比如，一只鸟儿多情的目光，一朵花儿洁白的微笑，一首宋词婉约的韵脚。而我们，只需用这些纯净的爱，平凡的感动，打理简单的华年。

时光的纸笺，在秋天清凉地铺展，深深浅浅的记忆，刻下的不是沧桑，而是落叶的静美。有人在路口守望，是为了等待，一个可以相随的身影，慰藉孤独的灵魂。文字原本就无言，那些被记录的足迹，像是命运埋下的伏笔，我们依旧用单纯的眼睛，企盼错过的可以重新去珍惜。

其实这不是我孤单的心语，只要静下来，你就可以看到，宋词里，一个个字符，在月光下，安静地盛开。多么像一个深情的女子，想念一个还不懂得爱她的人。她却愿意，傻傻地走进他的心底，在里面柔软地呼吸。在无处躲藏，不能回避的时候，他们相拥在一起。交换季节的杯盏，是为了今后那么漫长的岁月，不再相离。

将心种在宋词里，无须眼泪来浇灌，无须情感来喂养，在某一个春天的清晨，就可以看到，那条落叶的山径，已经开满了清芬的花朵。我们把书捧在手心，幸福的气息，就这样盈怀，原来相思，可以这么甜蜜。既然缘分让我们相聚在一起，不要再来来往往，让彼此擦肩，好吗？无论是冷和暖，悲和喜，我们一起走未完的路，过未完的日子，好吗？

就这样，一起穿过千年前幽深的长巷，叩开朱红的门扉，那锈蚀的铜环，分明还有温度。我知道，里面藏着一个朝代的梦想和性灵，尽管，你我不能抵达他们生活的深处，却可以看尘土飞扬，听草木呼吸。因为，我们用了足够多的真心。不曾奢望做归人，在来时的路上，我们采撷了一片白云，是为了让自己，可以轻盈地回去。

听夜莺婉转的歌唱，那美妙的声音，虽然有些淡淡的哀怨，但不会轻易诉说别离。坐在白月光下，翻开一卷宋词，耐心地教清风识字。斟一盏梅花酒，不舍得一饮而尽，让芬芳，缓慢地，从唇齿间滑过，再落入心底。如果你愿意，就陪我，一起安静地将清宁的书简读完。

一切都很无意，我只是一个，误入宋朝的女子，在散着墨香的词卷里，发出不知所以的感叹。搁笔之时，折一枝青梅，给平凡的你，给平凡的我。有一天，如果我们下落不明，只听她吐露，一段简单的，烟云旧事。

清秋时节，日子清闲。自题一阕《临江仙》，聊以为寄。

《临江仙》

淡淡秋风微雨过，流光瘦减繁华。
人生似水岂无涯。浮云吹作雪，世味煮成茶。
还忆经年唐宋事，心头一点朱砂。
相逢千里负烟霞。空山人去远，回首落梅花。

白落梅

庚寅年　落梅山庄

第一卷◎雨打梨花深闭门

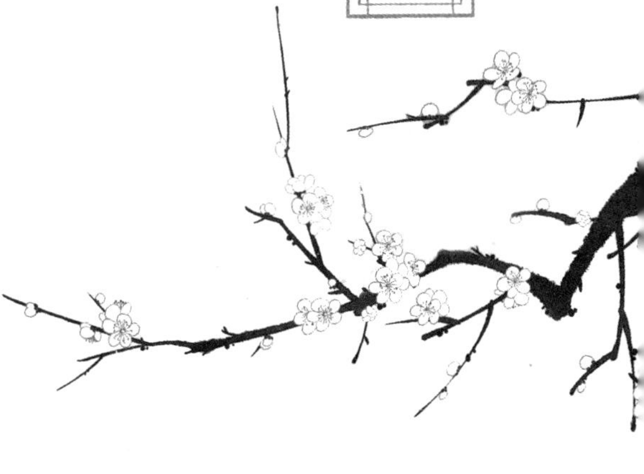

那一场宋朝的梨花雨

《忆王孙·春词》　李重元

萋萋芳草忆王孙，柳外楼高空断魂。

杜宇声声不忍闻。欲黄昏，雨打梨花深闭门。

当是梅雨之季，否则窗外的雨，也不会这样一直落个不停。淌在江南古典的瓦檐上，打在爬满青藤的院墙上，还有那几树芭蕉，被雨水冲洗得清新翠绿，连愁怨都多余。微风拂过，茉莉淡淡的幽香沁人心脾。她在雨中，洁白纯净，不染纤尘，仿佛靠近她，都是一种罪过。

此番情境，让我忍不住想起了那句“雨打梨花深闭门”。那年春时，梨花胜雪，开满了田埂阡陌，看不到世上人家。烟雨江南，如梦似幻，落花铺满石阶，静谧黄昏，重门深掩，时光美得惊心动魄。

轻启窗扉，任细雨微风，拂在发梢、脸颊。窗台萦绕着淡淡的轻烟，淡淡的芬芳，以及淡淡的惆怅。这是生长闲情的江南，仿佛只要一阵微雨，便可撩人情思；一片落花，便可催人泪下；一个音符，足以长出相思。

经年往事，会随着淅沥缠绵的雨，流淌而出。无论你的心有多坚定冷漠，终抵不过这湿润的柔情。所以，才会有那么多的牵怀缠绕，那么多的愁绪难消。那个女子说：欲黄昏，雨打梨花深闭门。她也是等到黄昏日暮，才深闭门扉，然而，她所关闭的只是院门、屋门，那重心门，又何曾有过真正的深闭？半开半掩的门扉，只为等待有缘人来轻叩，而等待，从此像这场无尽的烟雨，萦绕一生。

其实，最初识得这句词，是在《红楼梦》里。当日，宝玉和冯紫英、蒋玉菡、薛蟠还有云儿等在一起喝酒行酒令，宝玉唱完一首《红豆曲》，接着拈起一片梨，说道：“雨打梨花深闭门。”那时候，只觉得一个妙龄女子，卷帘看窗外纷落的梨花雨，她思念的人还在天涯，没有归来。心中落寞，轻轻叹息，放下帘幕，掩上重门，悄然转身。

然而，这场梨花雨，却在我心中，一直纷落到如今，不肯停息。直至后来，才知道，宋时有几位词人，都将这句“雨打梨花深闭门”写入词中。有人说，此句是先出自秦观的《鹧鸪天》，而后才是李重元的《忆王孙》。然而这些并不重要，我钟情于《忆王孙》的那场梨花雨，从遥远的宋朝，落到了今朝，不忍看，不可忘。

关于李重元，历史上记载得不多，可是他生平写的四首《忆王孙》，都被收入《全宋词》了。四首词分别为春夏秋冬四季之景，每首词，都藏有一种美好的物象。春雨梨花，夏日荷花，秋月荻花，冬雪梅花。但，尤以这首春词最广为人知，那花瓣雨，就像梦一样轻，轻轻地落在心头，柔软而湿润。

这是一个情深的女子，在春雨之日，怀想远方的爱人。她思念的人，远在天涯，纵是将高楼望断，也穿不过千里云层，看不见他归返的身影。只有依依杨柳，听她低语着相思的情愁。那位远行的男子，也许不是王孙，或许此刻身披征袍，在遥远的边塞；或许是个商人，为谋生计，奔波尘海；又或许为了功名，而远赴京城，追求宏伟的理想。就这般远离故土，让红颜为他日夜等候，相思成疾。

细雨依旧，那啼叫的杜鹃，没有衔来远方的消息，只是声声吟苦，让人不忍听闻。不知道，那背井离乡的男子，是否听到杜鹃的啼鸣，它低喊着：不如归去……不如归去……只是人生羁绊太多，如何才能轻易穿越红尘的藩篱，和喜欢的人长相厮守，不离不弃？也许正是因为离别，才会有这样刻骨的相思。

古人说，小别胜新婚，倘若朝暮相处，再浓郁的爱，也会消磨殆尽。到最后，只是一杯清澈的白水，索然无味。世间事，皆如此，有一种爱，叫若即若离；有一杯茶，会不浓不淡。但这只是一个过程，拥有过才能疏离，品尝后才会清淡。若让一个沉陷在相思中的女子，转身离开，决绝忘记，又如何可以做到？

她做不到，情感亦为执念，求不得，舍不下，亦解不开。若将一个思念的人，从心中抽离，那样，该是怎样一种疼痛和虚空。与其荒芜寂寥，莫如让相思填满，不留一点空虚。这样，尽管落寞，却好过无心。

她等到了黄昏，窗外纷落着梨花雨，洁白的瓣，在烟雨中，让人神伤又心痛。卷帘深闭重门，唯有相思不敢闻。她掩门，不是不再等待，而是夜幕沉沉，她要对着红烛，一夜相思到天明。这样无奈的转身，亦非薄情负心，而是情深义重。

这场梨花雨，在她的心里，也不会停息。宛若一场梦，她沉醉在自己编织的梦里，一旦梦被惊醒，一切又会回到最初。那时候，丢失了梦的她，再也找不回自己，甚至找不到她思念的人。其实这样自苦，这样情痴，不只是古时女子会有，今人亦是如此。

她们也许不会望断高楼，不会掩帘听雨，可亦有刻骨铭心的相思。从来相思都是等同，无关年岁，无关地域，无关季节。所以，当我读到“雨打梨花深闭门”时，心中涌动着万千柔情，好似徘徊在窗外的光影，萦绕不尽。

让我想起，当年的李重元，是否就是那位背井离乡的男子？他为了前程，离开了心爱的女子，让她独自看寂寞花开，春去春来。也许，他有他的无奈，可是他是否知道，一个女子，把最好的年华交付等待，以后，又会有多少岁月为她重来？可是，没有人会在意这些，所有读了这首词的人，只会沉浸在那场梨花雨中，不能醒转。

多少人愿意从幸福中走出来，匆匆抵达冷落的结局？也许这个思念的过程，真的很痛苦，却也是一种甜蜜的痛苦。许多人，因了等待，从青丝到白头，甚至不会有圆满的果报。可是为了一个人，为了一段真爱，纵然蹉跎一生，亦是甘愿。

搁笔，天色已近黄昏，窗外的雨，依旧在落，一声声，打在芭蕉上，诉尽衷肠。有时候，文字是薄弱的，抵不过世间一草一木。有时候，文字是那般深邃，短词简句，胜过万语千言。

掩帘，伴着那场宋时的梨花雨，深深地关闭重门。此后，任谁敲叩，也不开启。

在菲薄的流年，尝饮相思味

《鹧鸪天》　姜夔

肥水东流无尽期，当初不合种相思。
梦中未比丹青见，暗里忽惊山鸟啼。
春未绿，鬓先丝，人间别久不成悲。
谁教岁岁红莲夜，两处沉吟各自知。

我应该在微风的清晨，读一个词人的故事，才不会惊扰，他尘封了千年的相思。我想我只需借着流光的影子，一路寻找，途中无论有多少次转弯，都不会迷途。

我记得他的名字，他叫姜夔，生于南宋，终生未仕，辗转江湖。他人品秀拔，骨骼清朗，白衣胜雪，恍若仙人。他工诗词，精音律，善书法。他的词，最深得人心，言辞优美精妙，风格清幽冷隽。他在年老的时候，填下这阕《鹧鸪天》，是为了追忆年轻时，一段铭心的爱恋。

追忆是什么，追忆其实就是为那些已经失去的光阴招魂。我总是把一杯茶放到隔夜，第二天又倒掉，仿佛我是那个可以记住苦涩，没有背叛昨天的人。姜夔不同，他把那杯隔夜的冷茶饮下，将那段刻骨的爱情，怀想了一生。他早年客居在合肥，与一对善弹琵琶的姐妹相遇，从此和其中一位结下了不解之缘。但最终他们并没有长相厮守，结为连理。

姜夔给出一个很慈悲的理由，他为了生计，迫于流转，唯恐连累了佳人，给不起她想要的安稳。而这位美人，又是否真的怕受累，宁可将情感冰封，也不愿追随爱人漂泊天涯？千百年前的真相究竟如何，或许只有琵琶上的几根弦和那缓缓东流的江水知道。

许多事，明明已经落满尘埃，却总有人要假装记忆犹新。以为这样，自己就是那个对时间最忠贞不贰的人。我们既然已经辜负了昨天，又何必再向明天起誓？所谓去留无意，宠辱随缘，也只是给菲薄的流年，寻找一个软弱的借口。

可一个善感的词人，总是会旧情难忘，无论过了多少年，一片霜叶，一曲弦音，一剪光阴，都会撩开他心里的秘密。捧读姜夔的词，我为自己对他的猜疑感到惭愧。尽管，他没有将红颜拥入怀里，死生契阔，执手同老。至少那位佳人，是他的情感最初，也是最后所托付的女人。

在悲欢交集的人生里，我们总是做那个弱者，自以为巧妙地布置好了一切，却在最后的时刻逃离。明知道守不住誓约，还要频频地许下诺言。哪怕是一株平凡的小草，亦希望它记住你的美，你的好。而自己，山高水长地想要遗忘过去，害怕会有不知名的债约，突然跑出来，逼问自己偿还。

而姜夔，为一段不能继续的故事，付出了经年的相思，哪怕等到山穷水尽，也未必会给他一个圆满的结局。面对匆匆而逝的时光，我们不必伤感地求饶，就算抓不住当下的美好，至少还有回忆，供养你我的情怀。

光阴恍惚，一过已是廿年。他想起悠悠东去的肥水，想起他在楚馆灯影下的那段爱恋，怪怨自己不该种下那段相思情缘，惹得这么多年，痴心不改。我们又何曾不是，误以为，种下了红豆，便可结出同样的相思。却不知，阳光雨露也会偏心，亦会疏忽。结局往往是，一颗已红似朱砂，一颗还绿如青梅。

他说，少年情事老来悲。心就像离了岸的船，浪迹在江湖，始终找不到停泊的港湾。“梦中未比丹青见，暗里忽惊山鸟啼。”他在梦里和伊人相见，可是缥缈恍惚的梦，还不如在丹青图中看得真切。一声鸟啼，惊醒梦境，这时连一剪迷离的幻影，也无处找寻了。

“春未绿，鬓先丝。”相思又是一年，春梅在枝头绽放，绿叶还不曾长出新芽，而词人，尘海飘零，已被流光染上两鬓风霜。年年春光依旧，而赏春的人，却仓皇地老去。那些落去的花瓣回不到枝头，就像老去的人，回不了年少。

不知道，这世间，有什么花不需要阳光和雨露，也不知道，这世间，有什么人不需要梦想和情感。人的一生所纠缠牵系的，往往是一些微不足道的小事，比如那年春光下的一院花墙，比如那山野荒径的溪桥梅柳，又比如落在雕花窗格上的粉尘。许多不该忘却的记忆，反被自己随意地抛掷在年岁的光影里。

他叹，人间别久不成悲。难道真的是因为别离了太久，让那颗易感的心，也变得平静了，平静得连悲伤都没有？还是离别的疼痛，被藏在岁月深处，连同过往的伤痕，不敢再去碰触？毕竟，几十载的光阴，是点滴的日子积累而起，又岂是一个挥别，一次回眸，就可以抵消一世的悲喜？

每个人来到世间，都背负着神圣的使命，看似在度化别人，其实是拯救自己。承诺是一本无字之书，你想要兑现，就要亲手去将它填满。你以为给自己找到了幸福，却不知，这幸福安置于别人身上，会更加妥当，更加圆满。

“谁教岁岁红莲夜，两处沉吟各自知。”这里的红莲夜，说的是元宵的灯节，花灯似红莲，在良宵璀璨绽放。元宵赏灯的人，虽然相隔千里，隔了数载光阴，彼此却依旧品尝着同一种相思况味。

李清照有词吟“一种相思，两处闲愁”，所表达的，亦为这样的情愫。如此遥遥相望，谁也不去惊扰谁的平静，只要不合眼，就可以看到彼此的影子。如果有一天，影子消失了，那么一定要收集起所有细碎的记忆，然后放一把火，将它们烧成灰烬。让对方怎么也找不到，埋怨自己的理由。

我读这首《鹧鸪天》，看似心情起伏，实则莫名平静。就像姜夔的相思，不艳丽，不浓烈，有一种洗尽铅华的淡然与从容。人生是一场镜花水月的梦，虽然从一开始，就意味着踏上迷途，但有山水为你做伴，有日月为你掌灯，饿了采相思为食，累了枕回忆而眠，有何所惧?

倘若今生有幸得遇一场缘分，就将真情，毫无保留地托付出去。假如没有，就做一味叫独活的药草，空走一趟红尘，又何妨?

那年重逢，还忆桃花扇底风

《鹧鸪天》　晏幾道

彩袖殷勤捧玉钟。当年拚却醉颜红。
舞低杨柳楼心月，歌尽桃花扇底风。
从别后，忆相逢。几回魂梦与君同。
今宵剩把银釭照，犹恐相逢是梦中。

那是一段倾城的时光，当年的美好，只能于梦里萦回。在渐行渐远的人生里，认为再不会有那么一条路，给曾经错过的人，以任何方式重逢。但这一次相聚，却那么真实可依。

他出身高门，有着显贵的家业，有一位在朝中当宰相并且才华横溢的父亲。他自幼潜心六艺，旁及百家，尤喜乐府，文才出众，深得其父同僚之喜爱。可他生性高傲，漠视权贵，宁可流连于烟花柳巷，和歌女饮酒寻欢，也不要迈进金銮殿里，和朝臣一起畅谈国事。他一生不受世俗约束，风流自许，纵是为这份心性而死，也无怨无悔。

他叫晏幾道，晏殊的儿子，与父齐名，世称“二晏”。然而，他们又是截然不同的两个人，他继承了其父的才学与聪慧，却没有继承他父亲的功贵和气魄。晏殊的一生平步青云，官拜宰相，胸襟旷达，在文坛上也占有极高的地位。

晏幾道和其父在仕途上相比，就显得太过平庸了，他胸无大志，厌倦做官，当了几年小吏最后也作罢。黄庭坚称他是“人杰”，也说他痴亦绝人：“仕宦连蹇，而不能一傍贵人之门，是一痴也；论文自有体，不肯一作新进士语，此又一痴也；费资千百万，家人寒饥，而面有孺子之色，此又一痴也；人百负之而不恨，己信人，终不疑其欺己，此又一痴也。”

他们的词风，也是各有千秋，晏殊的词思想深广，清朗明净，晏幾道的词细腻婉约，多怀往事，抒写哀愁。于世人心中，晏幾道则为一位多情才子，喜欢和歌伎在一起，故他的词作，多为表达歌女的命运，以及和歌女之间的爱恋离合。其文辞凄婉动人，清丽绝尘，也耐人寻味。

文写其心，他笔下的种种故事，似乎已经注定了他后来的孤寂落魄。晏殊死后，晏幾道失去了坚实的港湾，这样一个不懂得耕耘生活，只懂得经营情感的人，如何能够承受起繁华现世的风刀霜剑？

他一生风流，为情而生，为情而死。虽然与他有过欢情的，多为地位卑微的歌女，可他用尽心性情志，真心相待，和她们在一起，留下许多欢情的过往。与他情事相当的，还有一位叫柳永的词人，一个一生混迹在风月场所的才子，他视青楼歌伎为红颜知己，同样落魄的遭遇，让他们的心贴得更近。

柳永以青楼为家，给歌伎填词泼墨，走进她们的心灵；甚至柳永死后，也是那些青楼女子凑钱，将他安葬。晏幾道不同，他出身于富足之家，可他骨子里流淌着浪漫与风流的血，他把所有的情感，都给了那些媚似桃花的女子，甘愿接受落魄。在他贫困潦倒、一无所有的时候，他依旧可以告诉大家，他这一生，风流过，无悔。

这首《鹧鸪天》也是为一个歌女而写，一个久别经年的歌女，他们在人生的渡口得以重逢，于是生出了万千感慨。以为在梦中，一直回忆初见时的温存与美好。“彩袖殷勤捧玉钟。当年拼却醉颜红。”他和佳人初次相逢，佳人玉手捧杯，温柔而多情，浅酿沾唇，他已深醉，便有了“舞低杨柳楼心月，歌尽桃花扇底风”的无限欢乐。

我们仿佛看到，当年晏幾道和喜爱的歌女，在月上柳梢时开始饮酒寻乐，高歌曼舞，直到明月西沉，仍不肯停歇。如此彻夜不眠，以至歌女连手中的桃花扇也无力摇动。他们都是至情至性之人，就是这样地舍得，舍得用一生的离别，换取一夜倾城。而这一句“舞低杨柳楼心月，歌尽桃花扇底风”亦成为晏幾道《小山词》里的绝唱。

“从别后，忆相逢。几回魂梦与君同。”自那次被命运摆弄，离别之后，多少次于梦里相逢。所以“今宵剩把银釭照，犹恐相逢是梦中”。当晏幾道和老去红颜的歌女重逢时，依旧以为是在梦中。他颤抖着双手，持着银灯，一次一次地细看眼前的女子，生怕一眨眼，梦境就会消失，他回到现实，一切将是空芜。

当他们握紧彼此的手，感觉到彼此的温暖，闻到彼此的气息时，这才相信，是真的，真的风雨归来，一起投宿在一家叫过客的驿站。也许天亮后就要离开，但这一次守望，会成为永恒的风景。

凝眸对视，心中哽咽，晏幾道甚至不敢询问，这位虽然两鬓添了些许风霜却风韵犹存的女子，如今过得是否幸福。也许她已嫁作他人妇，和一个庸常的男人，过着平凡简单的日子。也许她独自在一处安静的居所，寂寂地活着，度着平淡的流年。也许她依旧流落在烟花巷、风月场，不知归处，更无归期。

他沉默不语，怕自己的唐突，会伤害佳人。只是不知，今夜，他们是否还能抓住青春飘忽的影子，再一次“舞低杨柳楼心月，歌尽桃花扇底风”。

我们曾经在人生的渡口，被离别载去苍茫的远方，朝着各自不可预见的未来，义无反顾地奔赴。就那样被抛掷在红尘的千里之外，从来没有想过，还会有一个渡口，叫重逢。彼处桃花灿烂盛开，在春天华丽的枝头，我们的心，已经开到难止难收。

没有约定的时候，只听候宿命的安排，转过几程山水，以为相逢是一场无望的梦境，不承想，我们将彼此守候成山和水的风景。在光阴的两岸，我总算明白，离别和相逢是一样地久长，悲伤和幸福是一样地深厚。

没有谁知道，晏幾道的一生，究竟有过多少红颜知己，又有过几段歌舞尽欢，魂梦相依的故事。所能记住的，只是他一生的风花雪月，和一卷婉约生动的《小山词》。晏幾道生下来，其父就给了他一个装满财富的背囊，他悠闲漫步，一路挥霍，到最后，行囊越来越瘦，而情感却越来越满。

命运给了晏幾道一个悲凉结局，家道中落，佳人尽散。佛家言：“一切有为法，如梦幻泡影，如露亦如电，应作如是观。”我信缘，所以不问得失，只听命于因果。在明净的月光下，心如莲花，以一种缓慢的姿态，舒展着红尘遗落的美丽。

我们应记得那一次的重逢，也永远不会忘记，千百年前的夜晚，他们，舞低杨柳楼心月，歌尽桃花扇底风。

落花人独立，微雨燕双飞

《临江仙》　晏幾道

梦后楼台高锁，酒醒帘幕低垂。

去年春恨却来时，落花人独立，微雨燕双飞。

记得小蘋初见，两重心字罗衣。

琵琶弦上说相思，当时明月在，曾照彩云归。

一首林海的《琵琶语》，就这样平平仄仄，叮叮咚咚，不知在撩拨谁的心事。穿过弦音，仿佛看到一个女子，坐在低垂的帘幕里，身着裙衫，怀抱琵琶，拨动琴弦。她低眉顺目，温婉清丽，神韵里却凝结着淡淡的哀怨，又有一种说不尽的沉静风流。

流淌的弦音，惊扰了窗外飞花无数，也惊扰了世间的痴男怨女。流年日深，物转星移，多少承诺淹没在匆匆的时光里，而她却是那样安然无恙。静坐在帘幕下，若有若无地撩拨琵琶，每一根弦上都系着经年的相思。

相思这个词，从来都是欲寄无从寄。但每个人，皆会为心中的相思，寻找一个寄托。有人把相思寄在花鸟山水间；有人把相思寄在清风明月里；还有人把相思寄于书墨琴弦上。而此刻的我，只想泡一盏淡淡清茗，在月明如水之夜，和小蘋一样，在琵琶弦上，细诉相思。

小蘋是一位歌女，她应该比我更解风月，她有飘逸的裙带，娇艳的容颜。她的相思，应当也是华丽的，而我的相思，却朴素简约。那是遥远的宋朝，她何其有幸，被风流才子写进词中，再也走不出来。而这首词，又被刻于世人的记忆深处，每当相思之时，便会想起。

其实，我的心门，早已在细碎的流年里悄然关闭。一个人，将日子过得波澜不惊，于烟尘飞扬的俗世里，云淡风轻。也曾在梦里有过相思，有过悠长的等待，有过微风细雨的情怀。我的生命里，应该有过一个俊朗的少年，那时候，我是青梅，他叫竹马。他也许轻启过我的心门，可是还来不及留下承诺，青春便匆匆远去。

我始终认定，走出故乡的那座小桥，就意味着漂泊和流离。可还是有那么多人，背上行囊，稚气地以为，在远方，会有一个美丽的梦将自己等待。就这样，本来可以共度一生的人，被春光抛掷，多年以后，谁也回不到最初。如若守着一份平淡的岁月，或许以后的生命，会无风无雨，那样虽然庸常，却安然。

我喜欢晏幾道的词胜过晏殊的。也许他的词，恰好吻合我的心境，就像是一根心弦，被不经意地拨动，遗韵流转。历史上说他一生疏狂落拓，放达不羁，出身高门，却不慕权势。他著有的《小山词》，多怀往事，词风浓挚深婉，笔调流淌，语句天成，接近李煜。这一切，皆因了他的多情，一个心里藏着滔滔爱恋的人，他的文字，也必定是柔情万千。

他一生最愉快的，应当是和友人沈廉叔、陈君龙家的莲、鸿、蘋、云四位歌女共处的时光。这四个歌女，给了他对爱情所有美好的想象，满足了一个多情词人对红颜的无限依恋。可是繁华过后总是归于岑寂，沈的卧病，陈的消亡，以及晏府的中落，让莲、鸿、蘋、云四位歌女流落民间，他的梦，也在一个浸满春愁的日子里，仓促醒来。

楼台高锁，帘幕低垂，曾经的红牙檀板，诗酒尽欢的时光，已成了一幅尘封的画面。落寞之时，只有反复地找寻记忆，于薄浅的光阴中，隐约见到当年的风景。是的，他依然无法忘情，也不能忘情。一个人，经历了悲欢离合之后，只会对往昔的情感，更加痴心难改。

他想起那些落花微雨的日子，想起和小蘋初相见，她的罗裳，绣着双重的心字。又如何能忘记，她的妩媚妖娆，香腮红唇，青丝黛眉，一段曼舞，一曲弦音，一个回眸，甚至一声叹息，都令他销魂。他敲开她紧闭的心门，用文字，用柔情，在她的心里，种下刻骨相思。以后的日日夜夜，小蘋怀抱琵琶，将相思寄在弦上，说与他听。

如若可以，他宁愿放弃一切，只要朝朝暮暮，只要一段生死相依。带着莲、鸿、蘋、云四位歌女，从此天涯相随，于繁城闹市，或寂寥湖山，地老天荒。我想，他愿意，他亦应当满足。也许日子过得清贫艰难，无奈亦寻常，但至少还能执手相看。

但我明白，这只是我天真的幻想，我一厢情愿的安排。身在高门的晏幾道，负有名气的才子，纵然傲视权贵，亦不敢做出离经叛道之事。更何况红尘百转千回，又何曾有真正的净土。过尽沧海桑田，会发觉，人生就是一个圈，你以为超脱物外，却始终走不出命定的轨迹。所有的挣扎，所有的努力，到最后，都将是徒劳。

若远走天涯，流离异乡，尝尽风霜苦楚，又是否还能寻见从前红楼绿窗的繁华？看到心爱的红颜，娟秀的云鬓上添了几缕华发，清亮的明眸隐藏着淡淡的哀怨，还有美丽的面容，不知何时，悄悄地长出几道细纹，又是否还能无动于衷？这时，再多的诺言，再多的盟誓，都拼不过如刀的光阴，拼不过啊。唯有美丽地错过，才会有刻骨的回忆，倘若一直拥有，回忆也不过是一种简单的存在。

所以，宁可一生不得相倚，宁可在梦里重逢。不要怨叹当年的抛弃，因为也曾有过好好珍惜。这么多年，他尝尽了相思的滋味，每一次，听见琵琶的弦音，都会想起初见时的小蘋。如果说，曾经的离别是一生的伤害，那么伤害也成了如今美丽的追忆。小蘋应该被岁月苍老了容颜，此时的她，怀抱琵琶，又该会是何种模样？她的相思，比往日深浓，还是被流年消磨，只剩下浅淡的韵味？

又或者，她宁可一生将相思系在弦上，也不愿于多年以后，和他相逢。逝去的真的太遥远，这么多年的相思和等待，没有谁还得起。这是债，相思的债，她付出的，未必要偿还。一曲《琵琶语》依旧，只是由急至缓，由浓到淡。那是因为，小蘋走过了人生那段曲折生动的岁月，如今，她的生活，真实而平静。

窗外，还是宋朝的那轮明月，看罢人世沧桑，始终明净清白，不染纤尘。一曲琴音，浅吟低唱，凄美清冷，说的，又是谁人的相思？

一种相思，两处闲愁

《一剪梅》　李清照

红藕香残玉簟秋，轻解罗裳，独上兰舟。
云中谁寄锦书来？雁字回时，月满西楼。
花自飘零水自流，一种相思，两处闲愁。
此情无计可消除，才下眉头，却上心头。

筝曲淙淙，似水流淌，一首《月满西楼》被无数个女子轻唱，不知道，谁才能唱出李清照想要的滋味——相思的滋味。明月挂在中天，安静亦温柔，我将一卷闲书放在月光下，千年的水墨依旧潮湿。兰舟独上，只为找寻一个千古才女的心事，也常常因此迷失了自己，觅不见归程。

我们总以为那些无法触及的人事，就一定隐藏着一个谜，却忽略了，同样是寻常的生活，只是所处的朝代不同，发生的故事不同而已。然而，朝代也不过是客栈，我们在各自的朝代，寄住在彼此的人生客栈里。

写下这阕《一剪梅》的人，是千古词后李清照，一个平凡的名字，却掷地有声。这首词，是为相思而写，她思念远行的丈夫，希望他捎来锦书，告诉归期，免去她如此焦心的等待。流水落花，自然有情，万千风景，无法消解内心的怅然忧伤。

李清照，一代词人，传奇女子。她的一生，喜忧各半，荣辱相随，这个女子，在自己的人生剧场，坚韧地扮演自己的角色。从红颜佳色，到霜华满鬓，她努力而辛苦地度过漫长的一辈子，而我们，只需三言两语，就轻巧地将其说完。

她出身名门世家，自小被书香熏染，五六岁便随父母迁居东京汴梁。看过京城的繁华，沉浸于墨海书山，俨然是一位多才多艺的大家闺秀。生活本无太多束缚，她有着天真无邪的少女时代，时常划着小舟，嬉戏于藕花深处，亦喜好东京街市，观赏夜景花灯。为此，留下了许多轻巧灵动的诗词，其中那首著名的《如梦令》“争渡，争渡，惊起一滩鸥鹭”便为她少女时期的作品。

韶华之龄，李清照嫁给了风流名士赵明诚，自此内心的婉转情肠，有他知晓。他们情投意合，深知彼此就是自己那个缘定三生的人。婚后他们赌书泼茶，携手研习金石书画，度过人生最曼妙的时光。

于此期间，因赵明诚在外为官，夫妻亦有多次小别，李清照为此写下诸多相思成疾之词句。这首《一剪梅》，便是离别后因思念而作，还有一首《醉花阴》“莫道不销魂，帘卷西风，人比黄花瘦”，写出她因思念赵明诚而人比黄花瘦的寂寞和寥落。

秋天的故事，应该是最美的，一种清冷的美。秋天的相思，亦是最美的，有一种洗尽铅华的素朴和清凉。这是个让人感叹年华老去的季节，因为看到满池残荷，尽管它还飘散着余香冷韵，但凉意中依旧透露出消瘦。其实四季一样长短，皆有不同的美丽风情，我们可以选择自己喜爱的季节，却无权指责它们的不遂己愿。

看到残荷枯梗，我们不能忘记，曾经翠绿的荷叶，诗意地为我们撑过伞，清雅的荷花，装点过寂寞的流年。莲荷不需要守住任何的诺言，它的一生，只是一季的枯荣。它无心惊扰你的梦，因为你划桨过来的时候，已经将它的梦惊醒。

“轻解罗裳，独上兰舟。”这就是李清照，她的风姿，她的明丽，她的闲愁，是这般让人不敢逼视。是的，独上兰舟，曾经是举案齐眉，相敬如宾，如今茕茕孑立。以为可以在一池的莲荷中寻着并蒂，却不想，误了花期。其实，生命不是一场掠夺，如果用心，我们依然可以在冷落中，找寻到重叠的时光。残荷不需要我们用任何方式来哀悼它的华年，因为只有湖水，才给得起它想要的永远。

李清照看到低回的大雁，没有捎来她要的锦书，故不肯为任何人停留。莲荷枯败，根茎却还在池中，大雁飘零，终飞回故里。万物有情，有来有往，有散有聚，兰舟上，唯有她，摆渡到无人收留的岸口。

落花流水皆无情意，不顾她的愁怨，依旧我行我素，流落远方。一如赵明诚，为了男儿抱负，宏伟心愿，为一段前程，几纸功名，执意离开。他走，她没有道别，亦不挽留，以为不道别，他就一直还在，不曾离开。

但刻骨的相思，出卖了她的柔软。她用藕丝穿针，缝补两地闲愁，她相信好梦能圆，就如同相信这残败的荷，还会再如期盛开，相信她等待的人，正披星戴月地赶着归来。

有时候，人就是这样，宁愿欺骗自己，也不要被别人欺骗。这世间，多少人，因为等待，生了相思，可是等待久了，相思会不会成为一种厌倦？一棵草，只需要春生秋死，它们不怕被时间辜负，而人却要穷尽一生，历经无数次的蜕变，才能得到一个结果，而这结果未必圆满。

当一个人，孤独到连影子都长满了绿苔，内心该是怎样的一种荒芜？她心中的情愫与愁闷，自是无从排遣，宛若尘埃落于心间，却无计消除。她就是这样，把自己最美丽的青春给了他，而自己，所剩无多。仿佛从相思开始，她的人生，就悄悄有了转变，犯下的心病，已经无法根治。

李清照所处的年代，恰逢宋朝江山改换，人世动荡难安。都说人生是公平的，当初给过你多少快乐，以后你就要分担多少伤悲。我们总以为沉浸在梦里，就可以不必回到现实，却忽略了，山河无可逆转，不要侥幸地以为，醒来的时候恰好就是春暖花开。

赵明诚病殁于赴任途中，留下李清照乱世寡居，余生流徙漂泊，受尽苦楚。红尘没落，她似一枚无依的霜叶，因为无依，才会有后来悲哀的再嫁。好在那段残破的婚姻没有维持多久，李清照便独自过上她寻寻觅觅、冷冷清清的晚年。

尽管命运给了她一杯苦茶，但她一生都没有懦弱，只从容饮下。李清照在晚年时，殚精竭虑，编撰《金石录》，完成赵明诚未了之愿。但她所做的，没有给朝廷带来任何的转变，该聚还是聚，该散还是散，日出固然是惊喜，日落未必是惨淡。

一路行走，一路抽丝剥茧，到最后，连一件遮身蔽体的衣裳都没有，就匆匆离去。她死了，死在江南，死于湖山烟波之上，死得很寂寞，亦很满足。一代才女，千古词后，在厚厚的史册上，也不过是薄薄的一片黄花，写着一段清瘦过往。

罗带同心，不离不弃

《长相思》　林逋

吴山青，越山青，两岸青山相送迎，谁知离别情？

君泪盈，妾泪盈，罗带同心结未成，江头潮已平。

如今，我仍旧相信，隐士林和靖在年轻时，有过一段刻骨铭心的爱情。也许他爱的只是一个寻常的女子，也许他们之间有着平淡的故事，而这一切，就像浮云萍水，聚散只消刹那。

我们只记得，他隐居西湖，结庐孤山。只记得，他不仕不娶，梅妻鹤子。在他这首以女子口吻而填的小词里，依稀可以找寻到一些回忆，以及在他的坟墓中，所看到的一方端砚和一支玉簪，似乎尚存一些昔日的痕迹。其实，千百年过去了，一切都相安无事。我流淌的笔墨，并不是想去探寻什么，证实什么，只在时光的崖畔，看一段云水从前。

翻读历史长卷，我们所知道的永远只是一些浅露的表象，那些真实存在过的故事，都随着昨日逝者，埋葬于尘土。留着这些未亡人，在岁月的河流，划桨打捞，捞起的也不过是破碎的片段。回澜拍岸，浪花湿了记忆，蒸发过后，依旧无痕。

梦醒难入梦境，弦断难续弦音，时光泛滥，却不能倒流，我们不必等待那些无望的重来，因为还有足够多的开始。倘若林和靖当年娶妻生子，过着平凡的生活，也就不会有那段梅花往事，放鹤传说。而我们在孤山，又是否还能寻到一丝明净与淡泊？

放鹤亭中，一曲长笛吹彻千年诗韵。在杭州孤山，住着这样一位白衣卿相，他叫林逋。历史上说，他通晓经史百家，性孤高，喜恬淡，不趋名利。他的一生，几乎没有出仕的记载，在他年轻的时候，就闲隐山水，不问春秋。

他常驾小舟遍游西湖寺庙，和高僧诗友往来，参禅论文，烹茶煮酒，徜徉清风，醉卧白云。每逢孤山客至，有门童纵鹤放飞，林逋见鹤必棹舟归来，一蓑烟雨，一怀明月，不染俗尘。就是这样一位不仕不娶，以梅为妻，以鹤为子的隐者，也同样有着不为人知的前尘往事。

一卷清词，一支玉簪，像是他朴素人生里，最华丽的表达。总是有人想在他平静清淡的岁月里，添上一段凄美的爱情。却不知，他生性淡泊，不与凡尘有太多的纠缠。纵算爱过，亦是出自人性的本真，没有谁，认定一个隐士就该无欲无求。

我相信，他以女子口吻写下的《长相思》，一定和他的情感历程有关。也曾有过“死生契阔，与子成说。执子之手，与子偕老”的心愿，只不过这段缘，来时如露，去时如电，于他生命中短暂停留，便消散无踪。他的心性，注定此生长隐山林，漠然世事。

“吴山青，越山青，两岸青山相送迎，谁知离别情？”两岸青山，千万年来，以同一种姿态相看遥望，看罢多少舟帆相送，萍聚萍散，依旧那么含情。而此刻，见一对情人在流水江岸，依依作别，难舍难分，它们却只顾渡口的行人归客，对他们的离情别绪，视若无睹。

其实，这两岸青山，早已许下过不朽的盟约，它们所看的，只是一些往返的风景。至于人间寒暑，花落花开，百年甚至千年的时光，它们都不闻不问。更何况只是这一对平凡的恋人，他们的悲喜，薄似飞花，轻如落叶，怎么可以撩起青山万古不变的沧桑?

“君泪盈，妾泪盈，罗带同心结未成，江头潮已平。”钱塘江水更是无情，它不顾这对情人热泪盈盈，也不等他们将同心结打好，把定期说妥，就涨起大潮，催着行舟早发。此番涉水而去，不知何日是归期，纵是许下了誓言，又拿什么来痴守?

读到这，有种预感，只觉这次离别，是覆水难收。他们之间，再也无法于最深的红尘里重逢。这是宿命，青山绿水的宿命，是看过沧海桑田依旧容颜不改。而人的宿命，则是尝尽悲欢离合，从容地接受生老病死。一程山水，一份荣辱，一段幻灭，若起先没有多情的相许，此时的无情亦算不上是相弃。

看到“罗带同心结未成”，便会想起越剧《红楼梦》。其戏词写道：“休笑前人痴，由来同一梦。绣巾翠袖，难揾悲金悼玉泪。菱花镜里，谁拥旷世情种。罗带同心结未成，鹊桥长恨无归路。红楼今犹在，唯有风月鉴空。”这里的“罗带同心结未成”，说的是宝黛二人，也包括尤三姐和柳湘莲，又或者还有司棋和潘又安，以及那些同心却没有完美结局的有情人。

是命运之绳将他们束缚，空有情缘，却无分相依。花柳繁华地，温柔富贵乡，不过是完美的表象，遮掩不住内心的凄凉与荒寒。人生，亦是因为有这些遗憾，才有残缺的美丽。倘若皆为四季繁花，清风朗月，又如何去品尝人世冷暖不一的况味？

林和靖乘风趋浪，埋迹孤山，不管青山是否依旧，潮起又是否潮平。无论他的心，是否真的放得下，这一切，他不必给任何人解答或者交代。那泪湿裙衫的女子，转身之后，可以嫁作他人妇。谁又敢断言，平淡的婚姻注定不会幸福？命运既然给过你取舍，无论结局是对是错，都要坦然相待。

幸福对许多人来说，是奢侈，是奇迹，我们的责任，仅仅只是活着。在无限的时光里，有限地活着，除了随遇而安，似乎别无他法。我们的心，既然比不过山水的深沉与辽阔，为何不去融入它们？做一株平凡的小草，一朵安静的浪花，于沉默中，幻灭与共。

他不孤独，他有梅妻，有鹤子，有高僧一起参禅，有诗友共剪西窗烛。一生很短，一生又很长，几十年倏然而过，却凝聚无数日月风霜。他闲隐孤山，梅花冷月，一世清凉。从前的事，记得的不是很多，却也未敢轻易忘却。

如果放弃繁华，选择寂寥，也算是一种过失，那么一阕清词，一支玉簪，也足以慰藉他平生之憾。

相思不曾闲，哪得工夫咒你

《鹊桥仙》　蜀妓

说盟说誓，说情说意，动便春愁满纸。
多应念得脱空经，是那个先生教底？

不茶不饭，不言不语，一味供他憔悴。
相思已是不曾闲，又那得工夫咒你？

窗外微风细雨，小院的榴花在雨中绽放，火红俏丽的骨朵儿，凝着雨露，像是一个女子深切的相思。在这清凉的午后，素手焚香，摘几朵新鲜的茉莉，煮一壶清茗，只觉风雅逼人。屋内流淌着潘越云低唱的一首《相思已是不曾闲》，柔肠百转，不尽缠绵。

这首歌词是由南宋一位蜀中歌伎填的《鹊桥仙》改编而来的，前面的词句都被删改，只有最后两句“相思已是不曾闲，又哪得功夫咒你”几乎未动一字。只因这样的句子，刻骨惊心，不留余地。她那么舒缓地唱着，沉浸在自己酝酿的相思里，不容任何人惊扰她的梦。

我亦被她所感染，烹煮一壶叫相思的情绪，自斟自饮。只觉前缘旧梦，一路行来，可以想念的人，已然不多。更何况，要对某一个人相思刻骨，实在太难。倒不如，做一个赏花的闲人，看那情深的女子，如何把华丽的相思，开到花残，剩一缕余香留给懂得之人。

曾几何时，喜欢一种残酷的美丽，爱那繁华之后的寂寥。看一个女子，从锦绣华年，一直爱到白发苍颜，无悔无怨。韶光匆匆，那么轻易就耗尽了她一生的相思，其间漫长的煎熬与滋味，只有她一人独尝。爱到深处，是如此不堪，当自己都手足无措，又怎能给别人一份简单的安稳？

浓愁若酒，过于痴心的爱恋，会换来更深的寂寥。如璀璨的烟花，炽热地燃烧，余下的是一堆冰凉的残雪。我知她们心意，却做不了那情深之人，宁愿守着一段空白的记忆，仓皇地老去。也不要在心头，长出一颗朱砂痣，直到死去，也无法消除。

填这首《鹊桥仙》的女子，只是蜀中一个无名的歌伎，是否留名于史，并不重要。只要她的词，可以碰触世人内心某个柔软的角落，便足矣。南宋洪迈《夷坚志》记有南宋词人陆游居蜀地时，曾挟一歌伎归来，安置在一别院，约数日一往探视。有段日子，陆游因病而稍长时间没有去看她，耽误佳期。这女子因相思难耐，便猜疑陆游生了二心，陆游作词自解，这女子便作词《鹊桥仙》复他。

宋代蜀妓，多受唐时女诗人薛涛影响，善文墨、工诗词者，不胜枚举。而这位蜀妓，被陆游青睐，想必是容貌绝佳，才情不凡，只凭这一纸辞章，便知她是个敢爱敢恨，不修雕饰的性情女子了。

陆游年轻时，有过一场刻骨铭心的爱恋，至死不忘。他和唐婉，青梅竹马，后结为夫妻，几经波折，终是离散。十年后，他们相逢于满城春色的沈园，他为她写下名传千古的《钗头凤》。而唐婉回去之后，和了陆游一首《钗头凤》便香消玉殒，陆游怀念了她一生。男儿到底不及女儿情深，纵有遗憾，亦不肯为其痴守一生。

旧爱难消，不会重来，亦不能替代，却可以对另一个人生情。蜀中妓写“说盟说誓，说情说意”，足以证明陆游对她也有过海誓山盟，万般情意，而且“动便”就是花言巧语。“多应念得脱空经，是那个先生教底？”这句嗔怪之语，半恼半戏之句，更见这位女子灵巧聪慧，俏皮可爱。她怨陆游对她的殷殷盟誓之言，只是一本扯谎的经文，哄骗她而已。这等虚情，不知是哪位先生所教的。只简单几句，便将她佯嗔带笑之态尽现纸端。

更让人值得咀嚼回味的是下阕：“不茶不饭，不言不语，一味供他憔悴。”她心中虽怪怨陆游薄情，自己却无法不深情，无法不相思，依旧为他不茶不饭，不言不语，为他形容消瘦，为他神情憔悴。她被相思占据了整颗心，没有丝毫的清闲，又怎得时间去咒他？如此不舍，如此不忍，如此真切深情，发于肺腑，出于自然，亦是她这首词不同于其他的妙处。天然情韵，无须雕琢，落落襟怀，直抵于心。

这是一个生活在社会底层的歌伎，她的命运似浮萍，无根无蒂，没有寄托。诸多歌伎，一生流转于秦楼楚馆，受尽屈辱，觅不到一个真心的男子。她是幸运的，被陆游喜欢，从此远离烟花之地，还对她说盟说誓，一片情意。然人生之苦，莫过于得到后又要失去，与其如此，莫如从来不曾拥有。好过那日复一日捧着甜蜜的回忆，痛苦孤独地尝饮。

她怕失去，更怕疏离，怕那些真实的相处，是一场空梦。所以，她不敢让自己闲下来，只有将一颗心彻底地沉浸在相思里，时刻想念心爱之人，如此方不至于转瞬成为虚无幻影，才可以告诉自己，一切都是真的，真的拥有，就在现在，就在此刻，就在当下。

汉代卓文君说“愿得一人心，白首不相离”，唐时鱼玄机又说“易求无价宝难得有情郎”。然而这些痴心女子，没有谁，不曾尝尽刻骨相思。一生想要求得一个不离不弃，陪伴自己经历生老病死之人，谈何容易。谁人不知，月到圆时月即缺，情到深处情转薄。曾经拟下的盟约，是否抵得过地久天长的岁月？

世间一切因果，她们都懂，却没有谁，能够巧妙地安排自己的情感，忍耐心中的相思。各人有各人的缘法，在注定的结局里，平静地享受必经的过程，是我的初衷。然而，这并不意味着我立于烟雨中，不打湿衣衫，纵算可以做到，亦不能肯定，在暖和的阳光下，心底不会潮湿。

我不知道，最后陆游是否辜负了这位蜀中歌伎的一片真心。也不知道，他们到底相爱了多久，是否等到恩怨偿还，才彼此放手离别。香炉的烟轻轻袅袅，如梦迷离，似要告知我答案，最终还是无声无息消散。

那个叫潘越云的女子，依旧唱着一句“相思已是不曾闲”，为她自己，还是为蜀中妓，又或者是为红尘万千的女子？她重复地低唱，仿佛一停下来，那个爱了一生的人，就会转身离开。

第二卷◎众里寻他千百度

——一剪宋朝的时光——

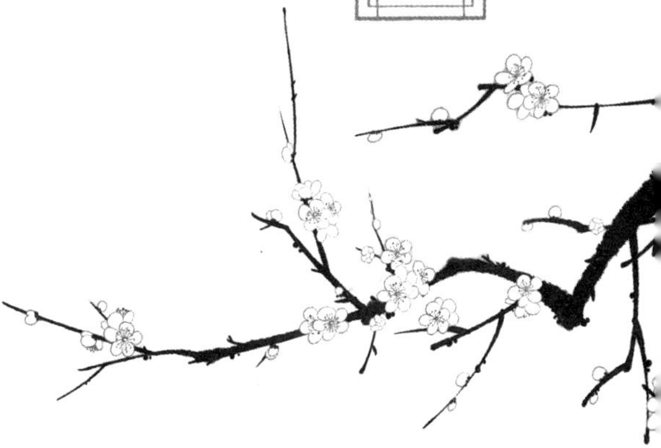

柔情似水，佳期如梦

《鹊桥仙》　秦观

纤云弄巧，飞星传恨，银汉迢迢暗度。

金风玉露一相逢，便胜却人间无数。

柔情似水，佳期如梦，忍顾鹊桥归路！

两情若是久长时，又岂在朝朝暮暮。

七夕，又称乞巧节，中国传统情人节，带着浪漫而悲情的色彩。不知究竟起源于何时，据说节日始于汉代，但牛郎和织女的故事，却在更遥远的从前。每个人都知道，那是一场风花雪月的情事，有一段人间四月天的开始和秋风悲画扇的结局。

所幸他们的爱情，没有被命运粉碎成尘，时光给了他们一个永恒的距离，并且给了一个相逢的机遇。一年一度，没有期限，万世之后，或许青山已老，江河逆转，这段诺言，不会背离。

爱情有时像一棵树，开了幸福的花，却结下不幸的果，而这果，亦不是一个人独尝。所以，当悲伤无边蔓延的时候，慰藉也在悄悄滋长。今日，不是所有的织女身边，都会有一个牛郎，亦不是所有的牛郎身边，都会有一个织女。纵算有，现世银河，波涛滚滚，也不会有一座鹊桥，安排他们相会。

此岸与彼岸，隔着一道悠长而宽阔的流年，离别的渡口承载不起相逢。人生就是如此，失去和拥有等同，聚散离合亦为寻常之事。七夕是牛郎和织女鹊桥相会的日子，他们用一年漫长的分离，换取这一日短暂的相逢。这一日，天上银河，迢遥光年，只属于他们，与红尘那些朝暮相处的寻常夫妻无关。

今日，如若你去翻开尘封多年的书卷，或许还能看到一张泛黄的书签，或是枯草，或是红叶，那些皆为年轻最美的记忆。年少时，一定有许多人，将秦观这首《鹊桥仙》，用蝇头小楷，细细抄写于信笺上，寄给心仪之人。

那时的梦多么美丽，连惆怅和遗憾都是浪漫的。可以海誓山盟，轻易许诺，就像一朵花，承诺一株草，与之长相厮守，竟忘了，它要先自凋零枯败。就像滔滔江河，许诺一叶孤舟，伴它年年岁岁，竟忽略了，它活着的使命。无论这些诺言是否会兑现，我们都贪恋那种不离不弃的美好。年岁增长，再不敢轻许诺言，害怕沉重的誓约，束缚了自己，伤害了别人。

写下这首《鹊桥仙》的人，是“苏门四学士”之一的秦观。他才高八斗，却三试才及第，走上仕宦之途后，亦不平坦，虽得过恩宠，但多遭贬谪，故留下许多惆怅悲怆的词篇。

然秦观的词，写风月情事的极多，他喜和歌伎往来，不惜笔墨，写下“谩赢得、青楼薄幸名存”等诸多此类的锦词佳句。历史上，记载着他和不少歌伎的风流韵事，甚至和才情横溢的苏小妹也有一段动人的爱情故事。虽然只是传说，他们的人生却因为这段传说而美丽，而风情万种。

近千年前的秦观，应该也是于七夕之日，写下了这首《鹊桥仙》。“纤云弄巧，飞星传恨，银汉迢迢暗度。”一巧一恨，写出乞巧节里，牛郎和织女这段伤感的相逢，悲情的爱恋。迢迢银汉，将他们生生分离，命运将他们置于两地，只能在渡口相望，握不到彼此的手。

人间的恨，莫过于此了。然“金风玉露一相逢，便胜却人间无数”。五行中，秋属金；色彩上，玉为白。原是指明时间为“七夕的秋夜”的话，被秦少游妙手一点，化成“金风玉露”这般华丽又温存的字眼。如此，我们亦可做这样唯美的解读：于他，是一缕多情的金风，于她，是一盏洁净的玉露。这样曼妙的相逢，虽然一年一度，却胜过人间那些终日长相厮守的平凡夫妻。

我不以为然，我心中所想的，该是这样的画境。他们应当有一间简朴的茅舍，篱院里有一口水井，几畦菜地，草木欣荣，鸡鸭满圈。貌美温柔的织女，每日坐于家中，低眉于手中活计，操持家务，平凡生养。而朴实憨厚的牛郎，日出时于农田耕种，日落归来，手上拎着池中打捞的小鱼，或是树下逮到的野兔。

煤油灯下，一家几口，安享佳肴美味，纵然粗茶淡饭，亦是甘甜。日子过得波澜不惊，内心清透如水，他们也许清淡，但他们要的，就是这样简单的相依，平实的拥有。绝不是那一年一度金风玉露的相逢，绝不是。

纵经历沧海桑田，甘愿做红尘的奴，亦做不了世间最寻常的夫妻。织女在天界，一次次擦亮生锈的光阴，只为等候一年一度的鹊桥相逢。于她，绫罗绸缎不及简布素衣，缥缈仙宫不及民间市井。

“柔情似水，佳期如梦，忍顾鹊桥归路！”他们在似水的柔情里缠绵，在如梦的佳期里沉醉，心中却害怕，短暂的相逢后，又要踏上鹊桥的归路。“忍顾”二字让本就微薄的幸福更加无依，未曾喜悦，悲伤又在苍茫的天际弥漫。鹊桥长恨，来路有期，归路亦有期。他们无法越过命运的藩篱，用一年一日，去换取地老天荒。

于是，他们故作潇洒，强忍悲戚。他说：“两情若是久长时，又岂在朝朝暮暮。”不，这也只是秦少游的爱情观，是他笔下的牛郎织女。就像是他给自己的一段风流情事所找的美丽借口，一种对无奈别离的安慰。我知道，被等待煎熬了千万年的牛郎和织女，再不愿贪恋那金风玉露的相逢。只想守着彼此浅淡的温度，简约的幸福，看人间的一草一木，一尘一土。

多少人，将爱情匆匆地装进行囊，一路捡拾，亦一路丢失。也有人，将爱情放进端砚里研磨，写在宣纸上，无论经历多少朝代，都不会褪色。还有人，将爱情藏入心间，用灵魂耕耘，在岁月的土地上，等待一季一季的幸福花开。

晨起时一场狂风骤雨，心中暗自感叹，七夕之日，这风雨，是否会耽误鹊桥相会的佳期？看来在千古注定的命数里，所有的忧虑，所有的渴盼，都是徒劳和多余的。此时的窗外，正是上弦月，院内葡萄架上枝影缠绕，我没有坐在竹椅上倾听，因为不想惊扰他们的良夜。

世事飘忽难定，若有缘得遇红尘知己，当万分珍惜，纵算有一日，终不能相倚，亦无遗憾，亦当无悔。

锦瑟年华，与谁相共

《青玉案》　贺铸

凌波不过横塘路，但目送、芳尘去。

锦瑟华年谁与度？月桥花院，琐窗朱户，只有春知处。

飞云冉冉蘅皋暮，彩笔新题断肠句。

试问闲情都几许？一川烟草，满城风絮，梅子黄时雨。

其实，已经没有多少的锦瑟年华可以肆无忌惮地挥霍了，也还没有老到只能捧着回忆度日的地步。光阴却真的匆匆，就像此时，我仿佛才闻过晨起时淡淡的花香，窗外就已近黄昏，有一种斜阳衰草的苍凉。云霞这般美丽，总让人忍不住，想要好好珍惜。

不知何时起，每近黄昏，就要掩上帘幕，怕那霞光穿过窗牖，落在我的桌案。它好似在提醒我，我的人生，已经没有多少光阴可以任意虚度，更没有多少年华可以随性蹉跎。落日很美，美得惆怅亦苍茫，只因它行将消逝。我们所能抓住的，只是那一尾稍纵即逝的光影，在寻常的日夜更替里，我们终究还是止不住内心的悲伤。

人生就是一场修炼，和时间修炼，和命运修炼，明明是在和什么争斗着，到最后，却分不清是敌是友。但又知道，你我注定是输者，输得一败涂地，输得决绝坦荡。在年华的路上，看过一树一树的花开，总是忍不住将梦放飞，又如何将放出去的心收卷？

打你身边匆匆而过的，分明都是陌路人，可一些人似曾相识，让你一见倾心，一些人恍如旧友，让你倍感亲切。或许还有一些人，会让你心生厌烦，让你对想要瞬间忘却的风景视而不见。

读过贺方回这首《青玉案》的人应该很多，“锦瑟年华谁与度”“试问闲情都几许”是那样撩人情思。关于贺方回的生平，历史上不过轻描淡写几句话，这疏淡的几笔，并不意味着他的一生就是平淡安稳，又或者快意风流的。

他本宋太祖贺皇后族孙，娶的也是宗室之女。十七岁离家赴汴京，后在官场辗转多年，所任皆为冷职闲差，终生不得志。仕途之路，浮沉几度，其中况味，想必也是冷暖自知。

关于他的情感历程，无从得知，只能凭借他散落在历史上的诗词，去揣度他的心情，以及隐藏在岁月深处的故事。每个人的一生，都是一个谜，而我宁愿他们带着谜底离开，也不希望他们将自己的一生，袒露在世间，让世人看得清楚明白。不去拆穿别人的秘密，是为慈悲，留下无尽的想象，则是宽容。

关于贺铸，印象深刻的就那么几句：年少读书，博学强记。任侠喜武，喜谈当世事。他的性情本近于侠，以豪爽刚烈见称于士大夫之林。他的词风虽偏慷慨悲壮，却又刚柔兼济。翻读他的词卷，亦有不少婉约多情的佳句，文辞优美，富有情韵。

据说贺方回和温庭筠一样，并非美男，甚至可以说相貌丑陋，也许这样，会令他的情感生涯，多出一些波折。一个人，才情人品固然重要，但一见钟情的，多半是那份初见时的容颜和风骨。虽说，腹有诗书气自华，可有时，那华丽的文采，却抵不过平凡的外表。说这些，并无丝毫嘲笑之意，有时，现实的冷酷常常会让人措手不及。人在春风得意之时，要想着有一天也许会面对惨淡的困境；于落魄低沉之时，亦想着拨云见日其实并不久远。

这一次，他对一个陌路女子，一见倾心。贺方回因对仕途灰心，便退居苏州，在姑苏盘门之南十余里处筑企鸿居，其地即是横塘。一段偶然的际遇，让他邂逅了一个翩若惊鸿的女子。她款款细步，盈盈而来，轻盈的风致，令贺方回想起了洛神。

当年曹子建为洛神写了一篇华美惊艳的《洛神赋》。曹植用“其形也，翩若惊鸿，婉若游龙，荣曜秋菊，华茂春松。仿佛兮若轻云之蔽月，飘飖兮若流风之回雪”这样的锦词丽句，来形容洛神的美，毫无虚意。

千百年来，总会让人们想起，在那个日既西倾、车殆马烦的黄昏，宓妃凌波御风而来，和曹植在洛水之畔相遇。一切都是梦境，梦醒后，他们掩饰不住心中的悲伤与惆怅。我曾说过，想念一个人，梦里连呼吸都会痛。那是因为，爱到恍惚，爱到不能把握自己。

贺方回就偶遇了这么一个女子，凌波微步，罗袜生尘，就这么盈盈而来，盈盈而去，甚至连浅淡的微笑都不曾有，更莫说惊艳的回眸。只留下风姿绰约的背影，让词人目送芳尘远去，独自怅惘。“锦瑟华年谁与度？月桥花院，琐窗朱户，只有春知处。”李义山曾有诗“锦瑟无端五十弦，一弦一柱思华年”，暗喻青春的美好，锦丽年华，当自珍惜。贺方回看着佳人飘然远去，却不知如许年华，与谁同度？

这时的贺方回，也许早已年光老去，但他情思涌动，心绪难平。月桥、花院、琐窗、朱户，这些美好的意象，亦唯有春知。又或许他在为那出尘的女子感叹，不知她锦瑟年华，是否有心仪的男子共度？只怕是还不曾开始拥有，就要和韶华诀别，如此绝代佳人，任何过往，都是美好的。

且不说锦瑟华年，词人就是如此痴心一片，伫立在邂逅之地，迟迟不肯离开。内心舒卷的情愫，就像春梅乍放，已经不能收敛。直到黄昏日暮，才归家，写下这痴情断肠的词句。

“试问闲情都几许？一川烟草，满城风絮，梅子黄时雨。”他搁笔自问，闲愁几许？似无涯的青草，似满城的飞絮，又似漫天的梅雨。内心万千风景，有时抵不过大自然的一尘一露。后来，贺方回也因为这首《青玉案》而得名“贺梅子”。

青梅往事，来不及挥手作别，就已远去。流光偷换，繁花似雪，落地生尘。无论生命中那朵情花是未曾开放就已凋零，还是灿烂绚丽地开过再枯败，只要是落下，就不会回头，不能回头。年华来的时候，没有召唤，走的时候，亦无须诀别。

沈园，那场伤感的相逢

《钗头凤》　唐婉

世情薄，人情恶，雨送黄昏花易落。

晓风干，泪痕残。欲笺心事，独语斜阑。难！难！难！

人成各，今非昨，病魂常似秋千索。

角声寒，夜阑珊。怕人寻问，咽泪装欢。瞒！瞒！瞒！

黄昏总是自作主张，在你不经意的时候到来，它不需要跟任何人商量，因为它没有躲藏的义务。而人，却可以将自己掩饰，把放逐当作生命里一次恍惚的远游。其实心已经走过万水千山，但人依然痴守在她的窗下，郑重地说，我不是一个背信的人。

多么坚定的话，就这样不假思索地说出口，就像往一个空杯子，瞬间倒满了水，连感动也是潮湿的。曾经的盟誓，是为了让彼此的心融在一起，可最后留住的，只是荒芜的梦。说好了，一路携手赏阅人世风光，可有一个人，竟在转弯路口悄然离去，提前散场。

“雨送黄昏花易落”，其实下的是一场花瓣雨，在风起的黄昏，那么多的花瓣，决然离开枝头，纷纷下落，不肯回头。因为，它们始终坚信，花瓣离了枝头，才可以散发出更幽韵绝俗的芬芳。就像许多人，用死亡的方式结束一切，只为了让深爱的人永远记住自己。于死之前，往往会凄美地说一句：我要你永远忘不了我，我要你负罪一生。

两个人的故事，若其中一人离开，故事是否还能继续？一个人死去，足以带走一切纷繁，尽管这世间，有许多人还不够慈悲，他们不肯轻易放过，那些曾经存在过的人和事。可死去的人，如灯火灭，他连自己都忘记，你还希望他记得什么！花落了，那洁净的树枝，好像在问你，是否要听一段，远去经年的故事。

没有人会忘记，在宋朝，在沈园，一个满城春色日子，有过一段伤感的相逢。她叫唐婉，文静灵秀，才情横溢。他叫陆游，风流倜傥，满腹诗文。两个名字，因为沈园那场伤感的相逢，而不再简单。他们本是青梅竹马，情投意合，有凤钗为媒，有情感作聘。原该是一段美满的婚姻，而且婚后也确实有过一段美好的日子，二人鱼水欢谐，情爱弥深。

可叹慧极必伤，情深不寿。唐婉绰约的风姿和出众的才情，让陆游整天沉溺于温柔乡，自此软化了雄心，忽略了功名。这是陆游母亲最不能忍受的，她一心盼着儿子金榜题名，光耀门楣，如今看着风情万种的唐婉，日日蛊惑陆游，心中实为不快，便强逼陆游立刻休妻。

迫于母命，陆游将唐婉送回娘家。一段感情到了至深之境，反而不能久长。然他们并未真的放弃，陆游另筑别院安置唐婉，二人得以鸳梦重续。这样的日子，没能维持多久，陆母察觉后，严令二人彻底断绝来往，并为陆游另娶一个贤惠安分的女子王氏为妻。

无情和深情也只是在旦夕之间，他们有心同梦，却无缘同桌同食。是现实的刀刃将他们的情缘斩断，他扼腕叹息，她负伤离去。此后，一对曾经海誓山盟的爱人，携着悲痛，奔赴各自的宿命，又被辗转的流年，弄到下落不明。

尘海波涛，数载飘零，一旦失散，又去何处寻得影踪？人于世间行走，渺小如尘，不知要在佛前跪求多少年，才可以换取一次擦肩，换得一段邂逅，换来一世同行。如此难觅的缘分，被他们轻易地丢弃，纵是万千理由，亦不可谅解。他们甚至不敢想，今生还能在风雨多年后重逢，因为任何奢望，都要付出代价。

我们一定也错过许多人生的缘分，甚至痴傻地以为，把爱情写成经文，设置好密码，有朝一日，只要兑现诺言，给爱人讲解，这样就不算是背叛。却不知，人世聚散无常，爱过的心会冷淡，诺言会消散，美丽的容颜会老去。沧海亦可化作桑田，更何况，卑微如蝼蚁的众生，又经得起几度岁月的轮回？我们是时光的旅人，只能用薄弱的心，来背负一路沉重的故事。

在没有奢求的时候重逢，是命运所给的恩赐。沈园，这个因为一段伤感的相逢，而生动了千年的园林，至今仍有人去追寻佳人的身影。陆游和唐婉就是在近千年前，那满城春色的柳畔邂逅，不曾有任何的准备，突如其来的迎面相逢让人措手不及。

遗落多年的光阴，努力尘封的情感，就在刹那，奔涌而出。

凝眸对视，内心百转千回，有惊喜，有心痛，有感叹，亦有无奈。万般心绪，无处安放，陆游提笔于沈园的粉墙上，写下千古绝唱《钗头凤》。

“红酥手，黄縢酒，满城春色宫墙柳。东风恶，欢情薄，一怀愁绪，几年离索。错！错！错！春如旧，人空瘦，泪痕红浥鲛绡透。桃花落，闲池阁。山盟虽在，锦书难托。莫！莫！莫！”

唐婉的丈夫是一位豁达明朗之人，他深知妻子和陆游有过一段刻骨的情缘，并未生出醋意，反给了他们倾谈的机会。可唐婉如何还敢奢望太多，她明白，这一次相见，是永别。她知道，这条柳絮缤纷的小径，再无法与君同行。他们之间，言语已是多余，只彼此深情相视，就足矣。

时光无情亦有情，十载离别，并没有在彼此身上留下太多的沧桑。他们明明还深爱对方，却再不敢轻言相守，更知此番转身，再不会有任何交集。这首《钗头凤》刻在了唐婉的心里，最后，也是这首《钗头凤》，令她香消玉殒。

她本可以选择遗忘，和丈夫赵士程过完以后平凡的人生。他给不起刻骨的爱恋，却可以陪她诗酒琴茶，伴她细水长流。奈何红颜终薄命，唐婉再也无法回归初时的平静，她将所有的思念，所有的悲哀，所有的遗憾，以及所有的血泪，填成一首《钗头凤》，只为纪念她的爱情，哀悼她的人生。

“世情薄，人情恶，雨送黄昏花易落。晓风干，泪痕残。欲笺心事，独语斜阑。难！难！难！人成各，今非昨，病魂常似秋千索。角声寒，夜阑珊。怕人寻问，咽泪装欢。瞒！瞒！瞒！”

与其过那种咽泪装欢的日子，不如自我了断，唯有死，才不需要给任何人交代。而活着的人，永远也忘不了她。陆游就是这样，在愧疚中将她怀想了一生。不要问值不值得，多少人为爱负累一生，终落得，惨淡收场。

没有背叛，没有辜负，她给自己挖好坟墓，用落叶裹着爱情，一起葬下。春天开始的故事，必定是在秋天结束。她应该死在秋天，因为她尊重落叶，尊重死亡。

并刀如水，纤手破新橙

《少年游》　周邦彦

并刀如水，吴盐胜雪，纤手破新橙。
锦幄初温，兽香不断，相对坐调笙。
低声问：向谁行宿，城上已三更。
马滑霜浓，不如休去，直是少人行。

也曾读过几阕周邦彦的词，多写男女之情和离愁别恨，辞藻华美，音律和谐，颇具宋词风味。唯独这首《少年游》给我留下不一样的印象，仿佛是百媚千红里的一点初绿，清新、淡雅。又似乎是丝绸锦缎里的一匹素布，简洁、朴实。以往的词，多描写瑰丽之景，借景思人，以景抒情。而这首词却闻不到一丝胭脂味，有一种洗尽铅华，回归朴素的真实。

像是一个淡妆天然的女子，将她细微的心理刻画得入木三分，而她委婉的口吻，也描绘得惟妙惟肖。都说中国古典诗词不善描摹人物，而周邦彦的这首《少年游》带给我们的，是不同于其他宋词的表达。

其实初次读这首词，是被这一句“纤手破新橙”所吸引。简单五个字，嵌入一阕词中，有一种说不出的轻巧和新意。仿佛看到一双白净纤细的手，柔缓地破着一个新橙，刀一落下，那酸涩清香的汁味就弥漫了整个屋子，人顿时清醒。之后我又细读了前两句，“并刀如水，吴盐胜雪”，起先只觉新奇，知道写的是并州如水的刀，吴地胜雪的盐，却始终不明白，为何会出现在“纤手破新橙”前面。

并刀切橙，理所当然，切橙要一勺吴地的盐做甚呢？后来得知，那些没有完全成熟的橙子采摘下来时，橙子中含有机酸比较多，破开后抹一些盐，或者用盐水浸一下，可以去除酸涩之味，吃起来才会香甜可口，这与淡盐水浸泡菠萝的道理相似。这才恍然，原来早在宋朝，盐就有了此般妙用。

人说作诗填词，都会有一段因由，要么睹物思怀，要么有感而发，又或者，只是一时简单的情绪触动。这首《少年游》确实有一段颇有趣味的由来。张端义《贵耳录》载："道君（即宋徽宗）幸李师师家，偶周邦彦先在焉，知道君至，遂匿于床下。道君自携新橙一颗，云江南初进来，遂与师师谑语。邦彦悉闻之，檃栝成《少年游》云……"所以，《少年游》所说的是当年宋徽宗、周邦彦君臣和李师师之间的一段情事。

周邦彦先至李师师家，闻宋徽宗来访，便藏匿于床底下。宋徽宗携带新橙一颗，乃江南新来的贡品，之后与李师师有了一番温情软语。床底下的周邦彦便作了这首《少年游》，将他们当时的情景，用通俗的白话，逼真地描摹出来。又听说，后来李师师给宋徽宗唱了这首词，徽宗大怒，要将周邦彦迁谪。后李师师又给徽宗唱了一首兰陵王词，徽宗大悦，周邦彦才算躲过这一劫。

读完整首词，仿佛看到一幅画，烛影摇动的夜，洁净无尘的闺房，多情的宋徽宗和温柔貌美的李师师，在碧纱窗下卿卿我我。而周邦彦只能委屈地藏匿在床下，不敢吱声，听闻他们的风情。李师师用纤细的手切新橙，一个细微的动作，看得出李师师刻意在讨得宋徽宗的欢喜。

温暖的帷幕里，刻着兽头的香炉，轻轻升起烟雾。二人对坐，李师师调弄着手里的笙，试着曲调，而通晓音律的宋徽宗，也接过笙，试吹几声，之后递给李师师，再奏一曲天籁之音。窗外明月如水，如此良夜春宵，二人不尽缠绵，只怕此时的李师师也忘记，床底下，还藏着一个周邦彦，所以才会有下阕那精彩的表白。

“低声问：向谁行宿，城上已三更。马滑霜浓，不如休去，直是少人行。”短短数句，可见其内心亦是婉转曲折，温柔不尽。又被周邦彦用简洁的笔墨，巧妙地记录下来，成了名传千古的词句。笙歌过后，夜阑风静，只见红烛摇曳，照见美人香鬓衣影，也照出宋徽宗灼灼神采。

李师师禁不住低声问道：“向谁行宿？”她问得如此小心，又亲切，乍听好似并不打算他留下，却又在暗示着什么。“城上已三更”她进一步提醒着，时候其实不早了，若要走，就趁早些，若不走，便决定留下来。“马滑霜浓”这一次加重了她想要宋徽宗留下来的念头，她细心地为他设想，夜路不好走，霜浓露滑，怕马失足，人着凉受惊。“不如休去，直是少人行”，经过几番转折，李师师索性直截了当地说，你看，外面行人都没几个，你若趁夜回去，我真的不放心，莫如留下来。

真个是几回探问，几回周转，最后方尘埃落定。周邦彦的确是一个驾驭文字的高手，他用简洁直白的文字生动地刻画出人物微妙的心理。呈现在我们面前的，是一位多情、机灵、真挚又大胆的女子。清代谭献在《复堂词话》中评这首词说：“丽极而清，清极而婉，然不可忽过‘马滑霜浓’四字。”周济在《宋四家词选》中评论这首词说：“此亦本色佳制也。本色至此，便足。再过一分，便入山谷恶道矣。”

有人曾拿周邦彦和纳兰性德做比较，他们的词都是婉约词风，而他们又都是身处繁华之人。周邦彦在年少时虽有过困顿，但之后一直官场如意，虽不算平步青云，但也一直备受恩宠。他生逢北宋之末，山河破灭则是在其死后，于他，可谓毫发无伤。

纳兰性德处康熙盛世，那时的大清国一派繁荣气象，其父纳兰明珠，深得康熙宠信。而纳兰性德才华横溢，文武双全，尤其是诗词方面的成就，使得他被康熙赏识，为殿前一等侍卫，伴随皇驾。他英年早逝，却留下一卷凄美感人的《饮水词》，被后世争唱。

周邦彦处末世而赋悠闲，纳兰性德居盛世而吟寂灭。都说文由心出，一个人并不会因为处于怎样的环境，就必定要写出与环境相当的文字。我们可以从现实的纷繁中跳跃而出，站在另一个更高远的境界，去看世间万象，芸芸众生。在繁华中找寻寂寥，于忧伤中获得愉悦。就有如秋季思花开，春天悲落叶，聚时感落寞，散时见欢喜。一切随意念转动，由心而起。

再读这首词，恰是词人一段真实的经历。就像一幅写意画，淡淡几笔，描摹出简洁生动的物象。用墨恰到好处，不多不少，浓淡有致。一句“纤手破新橙”，似闻到新橙酸甜的清香，从遥远的宋朝飘来，弥漫了整个江南，久久不会散去，不会散去。

艳冠群芳，任是无情也动人

《南乡子》　秦观

妙手写徽真，水剪双眸点绛唇。
疑是昔年窥宋玉，东邻，只露墙头一半身。

往事已酸辛，谁记当年翠黛颦？
尽道有些堪恨处，无情，任是无情也动人！

初次读这句“任是无情也动人”，其实是在《红楼梦》里“寿怡红群芳开夜宴”这一回。行酒令时宝钗掣得一支签，签上画了一枝牡丹，并附有一句诗：任是无情也动人。当时觉得这句诗用在宝钗身上，妙不可言。

薛宝钗是大观园的冷美人，她穿戴不奢华，唯喜淡雅。她服“冷香丸”，清冷的幽香，给人一种迷离的美。她少言寡语，明哲保身，对人不亲不疏，不远不近。她对世事人情早已看透，却用一颗清醒的心冷冷地看着别人沉醉。总之她就是大观园里的山中高士、冰雪美人。

她丰腴的肌肤、华贵的气度，与花王牡丹相配。在大观园，她是艳冠群芳的衡芜君，林黛玉是世外仙姝寂寞林，是一朵永远凝露的芙蓉。到后来，我才知道，“任是无情也动人”出自晚唐罗隐《牡丹花》之句“若教解语应倾国，任是无情也动人”。

冷艳无情的薛宝钗亦有她动人之处，她的美貌，她的才华，她的修养，以及她的成稳，是诸多女子所不能及的。然而这样一个聪慧的女子，纵是懂得明哲保身，纵是冷艳无情，也躲不过金玉良缘的宿命，将大好的一生，误在了贾府。

这首词里的“任是无情也动人”，与《红楼梦》中引用的诗句有着异曲同工之妙。秦少游是北宋婉约派词人，他的词多写男女情爱，以及抒发仕途失意之感慨。文辞清丽婉转，音律谐美，情韵深浓，经久耐读。秦观之词离不了情爱，且以青楼歌女为主角，情意深切，悱恻缠绵。他的千古名句“两情若是久长时，又岂在朝朝暮暮”至今仍被世人吟咏。然看似情深，实则薄冷，好似在给一段离别，找一个美丽的借口。

词中写的是崔徽，画像中的崔徽，一名歌伎，一名多情的歌伎。“水剪双眸点绛唇”，画中的她，眼似秋波，脉脉含情，朱唇一点，胜似桃花。这样一位绝代佳人，被画匠用其妙手丹青描进了水墨中，任世间风尘起灭，花谢花飞，她拥有永恒的美丽，不老的容颜。更有人以为，崔徽取丹青素笔，对着菱花镜，临影子淡扫轻描。画云鬓双眉，画春容柳腰，再描七分曼妙，三分冷傲。

画里的崔徽似半掩的荷花，只露了一半身段。秦观说，这模样，就像是宋玉东邻的女子，因倾慕宋玉的容貌与才情，便登墙偷望他三年之久。每次墙头遮去了她半身玉体，只能露出翠羽之眉，如雪肌肤。我就不明白，这样一位妙龄女子，既有登墙窥探之胆色，又为何不敢翻越那一墙之隔，对其吐露衷肠。

而宋玉，又怎会不知邻女对自己的倾慕之情？堂堂男儿，竟忍心一个妙龄女子为他登墙三年。漫长如水的光阴，竟不曾有过月上柳梢头，人约黄昏后？只是，邻女长久的等待和隐忍，到最后，换来的亦只是一声叹息。若她无情，只在隔院的秋千架上，看自己的风景。爬满藤蔓的重门终年落锁，素手焚香抚琴，也许登墙窥探的人，会是悲秋的宋玉。她微恼地游荡在院中，那冷傲的风姿，纵是无情也动人。

而此时的秦观，又怎么不是对美人的一种窥探？只不过他无须登墙偷窥，可以立于画像前，任意端详崔徽的神情和姿态。年深日久，这位风流才子，可曾对画中美人生出一段情愫？据说，秦少游和苏小妹有过联诗对句酬姻缘的佳话，虽千百年已过，至今忆起，依旧美得惊心。

历史上有记载，秦少游的正妻是一位叫徐文美的女子，和他一样，也是江苏高邮人。她或许不是秦少游钟情的女子，因为她从不曾走进他的词卷，但这样的女子，为他平凡生养，默默无闻伴随一生。唯有青楼歌女，赢取他的爱情，为他红袖添香，是他赏心悦目的风景。

他为营妓楼东玉填过一首《水龙吟》，为名妓陶心儿赋词《南乡子》，皆是柳月花边，无比多情。他写香囊暗解，罗带轻分，他与人分别，就说两情久长，不在乎暮暮朝朝。这一切，都应和了一句话，动情容易守情难。

“往事已酸辛，谁记当年翠黛颦？”崔徽这般绝色女子，身为歌伎，自是有一段辛酸往事。当年黛眉含颦，无限心事，亦被画师描进了画中。崔徽是歌伎，与一个叫裴敬中的男子一见倾心，相爱数月，后裴敬中离去，崔徽身不由己，无法相从。

几月后，裴敬中的密友白知退来访，为崔徽请来善写真的丘夏，为其写真，果得绝笔。崔徽持画给白知退，并对他说：见到裴敬中，就告诉他，“崔徽一旦不及卷中人，徽且为郎死矣”。一语成谶，不久后，崔徽病了，形容憔悴，已不复旧时容颜。再不久，她死了，死于相思。

红颜薄命，再看画中人，含笑顾盼，楚楚动人，令赏画的秦少游心生怜惜。他有心相惜，只叹丹青不解语，纵是解语，崔徽此心也只为裴敬中，又是否会为别的男子而动情呢？画上崔徽，花容月貌，可是触摸上去，没有温度，她只是被封存在纸上的冷美人，已不解情愫，无关风月。可秦少游对着这不解语的牡丹花，仍叹息道：无情，任是无情也动人。只此一句，不知撩动多少人的心魂。

浩荡世间，唯情动人，唯情感人。人生长恨，多少人，为情而生，为情而死。画中的崔徽，不是无情，而是过于深情，可惜丹青妙笔，可以留住红颜佳色，到底描不出她的一往情深。

寄身大观园的薛宝钗，又岂会是一个真正的冷美人？只不过，没有人看到她夜半不寐，相思如雨。她知世情难测，深邃如海，不敢去爱，只将一颗真心冰封。她知人生萍聚，云烟万状，转瞬皆是空幻。倒不如无爱无恨，做个无情之人，反比多情之人更让人心动。

然万物纷纭，千缠百绕，何谓有情？何谓无情？一如我们，至今也无法知道，究竟是流水负了落花，还是落花负了流水。

那人却在，灯火阑珊处

《青玉案》　辛弃疾

东风夜放花千树，更吹落，星如雨。

宝马雕车香满路，凤箫声动，玉壶光转，一夜鱼龙舞。

蛾儿雪柳黄金缕，笑语盈盈暗香去。

众里寻他千百度，蓦然回首，那人却在，灯火阑珊处。

江南的夜，美得让人心生哀怨。灯火煌煌的夜景下，旧式的牌坊，古典的楼阁，还有一扇扇雕花的老窗，半开半掩，不知在向谁，低诉着风情。路旁是仿古的宫灯，墙院上，檐角边，树枝里，被星星点点的灯火围绕，似银花绽放，璀璨迷人。

来往游人无数，没有香车宝马，却也是姹紫嫣红的光影一片。每年的元夕，我都会来此看灯，这里叫南禅寺，有一座千年古刹。墙院内是云水禅心，墙院外是都市繁华。

立于石桥，看运河里的龙舟徐徐缓缓地行驶，船上的游客，欣喜地观赏两岸的风景。他们或许不知道，这运河，是当年隋炀帝为了游江南，去扬州赏琼花而开辟的。千百年来，这条河流一直锦绣如织，从来没被光阴冷落。

尽管当年隋炀帝荒淫无度，但他为江南水乡带来了鼎盛与繁荣。他寻梦而来，却没能回去，来时，他写下一首诗："我梦江南好，征辽亦偶然。但存颜色在，离别只今年。"这位风流皇帝最后死在江南，但他赏过扬州的琼花，看过江南的月，爱过江南的女子，他死得无悔。

街灯眩目，是因为忘不了夜色的温柔，我独自冷眼看着这一切繁华，有一种"冠盖满京华，斯人独憔悴"的感慨，也有"众人皆醉我独醒"的淡然。灯火阑珊处，有江湖艺人在吹笛，有画者在为人描绘着肖像。而我则是那位灯火阑珊处的女子，只是不知这人流中，是否有那么一个人，也在众里寻我千百度？恍然间，我想到，这粲然华丽的夜市，不就是为了迎合千百年前那阕叫《青玉案》的古词吗？

有人说，当年辛弃疾填这首词，看似在表达对一个女子的爱情，实则有更深的意味。这首词作于宋淳熙元年（1174年）或淳熙二年（1175年），那时强敌压境，国势日衰，南宋统治阶级却偏安江南，在歌舞享乐中粉饰太平。辛弃疾作为一个热血男儿、风云人物，他有心请缨，却不受君王赏识。心灰意冷时，看着这幅元夕踏灯的图，试图用这浮华的表象，麻醉自己的心灵。所以他孤独地寻找，希望可以觅得一个不落俗流，孤标傲世的女子，视她为知音。

印象中，苏轼的词，旷达中渗透着人生哲理，总让人同他一起走入风起云涌的境界，又随他慢慢地归于深沉的平静。但辛弃疾不同，他写下的词词风豪迈豁达，壮阔无边，他的词似乎永远炽热，带着英雄的豪情与悲壮，读完后，心情久久难以平静。这一切，与他的人生历程相关，他年轻时就参加抗金义军，携着燕赵奇士的侠义与豪情，也算是金戈铁马二十年，有气吞山河的豪迈。

他中年受到排挤，被迫退出政治舞台，伟大志向不得施展，就将这一腔愤怒，写入词中。他赋闲了二十年，漂泊流转，一边羡慕啸傲山林的隐逸高人，一边忘不了要做一个承担民族使命的英雄。他总是会在恬静之时，内心涌起波澜，在这种感情的起伏与交织中他度过了后半生，写下了“了却君王天下事，赢得生前身后名。可怜白发生”的醒透又悲凉的词句。

这首《青玉案》，是想透过世态表象的繁华，寻找属于自己的落寞和清醒。明月像一面镜子，映衬出一幅雪树梨花的元夕画境。月亮无须背负宋朝那沉重的历史，它从远古走来，看过秦汉风云和隋唐演义，依旧温婉似玉，清凉无尘。

此时的朝廷，风雨飘摇，国难当头，可江南的元夕，依旧一派盛况空前的鲜艳景象。火树银花不夜天，龙腾狮舞闹元春。香车宝马碾过芬芳的路径，游人如织，笑语盈盈地赏灯，猜灯谜。他们沉醉在歌舞升平的快乐里，却不知，宋朝已失去半壁江山，他们脚下的土地已不再全部属于自己。

难道他们真的被浮华麻木了心灵，或者他们都已经修炼到淡定的境界，可以足够成熟地抵挡风雨？辛弃疾辗转在如流的人群中，却感到从未有过的寂寞。他想要唤醒所有的人，告知他们，一起力挽狂澜，修补残破的苍穹，却又不忍惊醒他们瑰丽的梦。

徜徉于繁华的街市，似乎听到美人环佩和璎珞的叮当声，他希望在这个没有约定的夜晚，能够找到一个不屑俗流、超拔脱俗的佳人，和她共诉一段柔肠，共有一种相思。也许只有这样，才可以让他忘记摇摇欲坠的山河，忘记他骨子里，那一点还没有完全消磨尽的英雄气概。

“众里寻他千百度，蓦然回首，那人却在，灯火阑珊处。”他一直寻寻觅觅的身影，原来就在阑珊的灯火处，在倾斜的月光中。这女子，也许是一位脱俗的仙子，她用淡然的心，漠漠地看着世人悲喜往来。又或许是一个洗尽铅华的平凡女子，她不过在今夜，独自走出闺房，想要在阑珊的角落，感染一点热闹的气息罢了。无论她是谁，今夜，她就是辛弃疾苦苦寻找的那个人，是他心中那枝清绝高傲的红梅，不与凡尘有任何纠缠。

王国维《人间词话》云：“古今之成大事业、大学问者，必经过三种之境界：‘昨夜西风凋碧树。独上高楼，望尽天涯路’，此第一境也；‘衣带渐宽终不悔，为伊消得人憔悴’，此第二境也；‘众里寻他千百度，回头蓦见（蓦然回首），那人正（却）在，灯火阑珊处’，此第三境也。”细思量，此三种境界，我们都能体味，只是需过尽千帆，方能领悟。

我们亦只是大千世界的芸芸众生，经历着悲欢离合，生老病死。我们的人生也许不需要经历这三层境界，只在心里，存一份淡定，留一份清醒，便好。不上高楼，不为谁憔悴，不再寻觅，只从容地行走，清淡似水，安静如月，低眉浅笑，自在平宁。

让他一生，为你画眉

《南歌子·凤髻金泥带》　欧阳修

凤髻金泥带，龙纹玉掌梳。

走来窗下笑相扶，爱道画眉深浅，入时无。

弄笔偎人久，描花试手初。

等闲妨了绣工夫，笑问鸳鸯两字，怎生书。

古人云：女为悦己者容。一个女子的容貌，在任何朝代，任何情境，都很是重要。绝色姿容，是一道赏心悦目的风景，让人心动而痴迷。一个天生丽质的女子，无须浓脂艳粉去修饰。眉眼是整个面容的灵魂，那一弯黛眉，淡描轻扫，更显神韵。从古至今，画眉便成了一种旖旎的风尚。一支画笔，在时光的镜中，描摹出不同华年的美丽。

“画眉深浅入时无？”我仿佛听到一个温婉的女子，低低地问着自己的良人：相公？我的眉画得可合适？那神情，含羞娇俏，妩媚动人。我想任何一个男子，此时看到自己美丽的妻子，都会生出万种柔情。轻抚她的眉，将她拥入怀中，多少壮志雄心都会被软化。

这一句诗的由来，并不缘自欧阳修的《南歌子》。而是唐代朱庆馀写的一首诗“洞房昨夜停红烛，待晓堂前拜舅姑。妆罢低声问夫婿，画眉深浅入时无？”我们从中看到一对新婚夫妻幸福甜蜜的生动画面。

据说画眉之风起于战国时期，屈原在《楚辞·大招》中记：“粉白黛黑，施芳泽只。”汉代时，画眉已是寻常之事，并且画得更出色，更生动。《西京杂记》中写道：“文君娇好，眉色如望远山，脸际常若芙蓉。”形容卓文君的眉，似远山含黛，脸似秋月芙蓉。那弯细眉，从汉代远山一路描来，直至盛唐，流行把眉毛画得阔而短，形如桂叶或蛾翅。

元稹有诗吟“莫画长眉画短眉”，李贺也有诗“新桂如蛾眉”。到后来唐玄宗时期，画眉的形式更是多姿多彩，名见经传的就有十余种：鸳鸯眉、小山眉、三峰眉、垂珠眉、涵烟眉、拂云眉等。如此多的画法，可见画眉已融入了古代女子的生活，陪伴她们轻轻送走寂寞的光阴。

《新唐书》里，记载了这么一则画眉的故事。李隆基造反灭韦后，带兵一路杀进大明宫，而不谙世事的安乐公主，“方揽镜作眉”，沉迷在她画眉的境界中，全然不知改朝换代的悲惨。待她觉察，仓皇出逃，为时已晚。在她被砍下来的脑袋上，有画了一半的眉毛，另一半眉毛留在了前朝的梦里。这则故事，带着一种惊悚之美，让人读后感叹不已。

到后来，宋元明清，画眉风尚之广泛，上至皇宫贵族，下至平民百姓，画眉已成了闺阁绣房的一大乐事。亦被许多文人诗客写入诗中，温庭筠《菩萨蛮》“懒起画蛾眉，弄妆梳洗迟”，白居易诗“蛾眉用心扫”，乃至清朝的纳兰性德一首叫《齐天乐》的词，也写道“冷艳金消，苍苔玉匣，翻书十眉遗谱”。

因张敞在闺房为爱妻画眉，“张京兆眉怃”一时被传为佳话。后来有许多男子相继效仿，看着心爱女子肌肤胜雪，娇羞的眼波流转含情，忍不住轻轻为之描眉，无限亲密与温柔，都定格在镜中。

《红楼梦》里描写林黛玉的容貌，起句就是“两弯似蹙非蹙烟眉，一双似喜非喜含情目”。只这一句，便将这个多愁善感的柔弱女子描写得入木三分，贾宝玉也因此为她取了个别名，颦颦。贾宝玉在大观园里，经常以偷尝众女的胭脂为乐，当他看到黛玉这两道如烟似黛的弯眉，难道不会生出想要日日为她画眉之心？也许因为这两道含情的眉弯，让宝玉对黛玉更生一分爱怜。

喜欢欧阳修的这首《南歌子》，是因为词中的画境。这就是一幅画，画的名字叫：只羡鸳鸯不羡仙。在我记忆里，欧公为一代儒宗，风流自命，辞章深婉，文理畅达。想象着在他整洁的屋内，书香四壁，桌上横放一张古琴，一盘散落的棋，他独自抱一壶老酒，对着明月，做一次温柔的遐想。烛影摇红，如此良宵美景，又怎能辜负？他即兴填词，铺展开的纸上，便有了这样动人的图景，翰墨的清香，在春风舒展的永夜悠悠飘荡。

凤髻，龙纹。一位美丽的新娘对镜着彩衣，上丽妆，盘发髻，上胭脂，抹唇红，最用心的，是描那两道细弯的眉，像是一弯新月。她和英俊的夫君相携临窗，郎情妾意，她娇俏含羞地笑问，这弯眉画得可好？案上的红烛已燃尽，他们还沉浸在昨夜温情缱绻的梦中。帷帐里，万般温存，尝尽雨香云片。从今后，只魂梦相牵，年少夫妻，又还怕什么流年似水，光阴似箭！

古人说，人生得意之事为洞房花烛夜和金榜题名时。金榜题名终为名利所缚，到最后，总是会失去太多洁净和清朗的本真。最动人的莫过于情爱，汤显祖在《牡丹亭》里说："情不知所起，一往而深。生者可以死，死可以生。生而不可与死，死而不可复生者，皆非情之至也。"可是这世间的情感，又有多少可以一如既往？拥有的，相处久了，各自嫌弃。错过的，只会在以后的时光里，不断地追忆。所以，珍惜刹那的拥有，不问缘分还会有多长久，此时可以握紧对方的手，就是幸福。

不经意地，响起一首歌，是《倚天屠龙记》的片尾曲——《爱上张无忌》。这世间，也只有毛阿敏，才可以将那份深情唱得那么疼痛，那么彻底。"让他一生为你画眉，愿他的心宽容似海。再不提你曾给他伤害，你要他身边再没别的女孩……"是的，我说过，如果可以，我只想嫁一个平淡的男子，无须海誓山盟的私语，只需知我心意，只需一生为我画眉。我说得如此轻巧，一生为我画眉，还自诩为是平淡，却不知，这"一生"二字有多重。

如果有一天，你的缘分悄然到来，请你一定要紧紧抓住缘分的衣襟，不要等到缘分与自己擦肩而过，再去追忆，再去惋惜。就如同唐时杜秋娘写的一句诗：花开堪折直须折，莫待无花空折枝。她明白，花开花落是寻常，缘来缘去亦是如此，所以，在花开之时直须折取，而缘来之时也要努力珍惜。待到花落，缘尽，也再无什么遗憾。

希望，尘世间的女子，都能够邂逅一个可以为自己画眉的男子。不求一生，只要拥有过，哪怕一次也好。那时，她们是否都会娇羞地对着心爱的男子，笑问：画眉深浅入时无?

第三卷◎剔尽寒灯梦不成

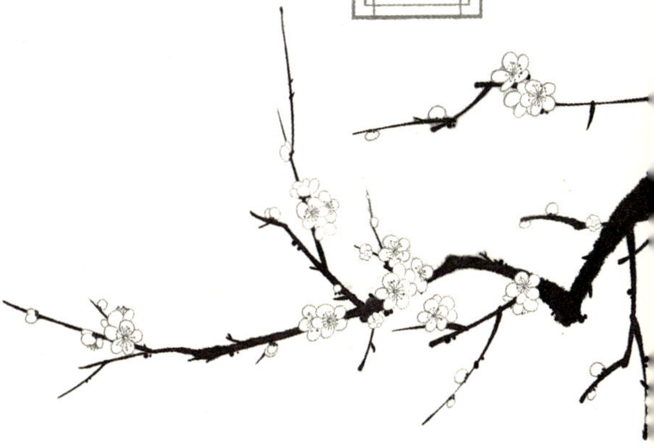

只愿君心似我心，定不负相思意

《卜算子》 李之仪

我住长江头，君住长江尾。

日日思君不见君，共饮长江水。

此水几时休？此恨何时已？

只愿君心似我心，定不负相思意。

立于长江水岸，我试图抓住一片云彩，一缕清风，将它们放进行囊，我害怕我只是一个微不足道的过客，空手而归。我要依靠它们，记住那片湛蓝的天空，记住脚下滔滔的江水，记住那些与水相关的故事。

从古至今，不知道有多少人，在江畔为爱情占卜，希望卦象上写着地久天长这四个字。溺于爱的歧流中，以为顺水漂流，就可以找寻到那个和你共饮长江水的人，却不知，这汹涌的浪涛，会毫不留情地淹没你所有的想象。那时候，你想逆流而返，连归路都找不到了。

这世间可真有生死相依的爱情，一如青山碧水，不离不弃，亘古不变？不，花开有时，荣枯有定，人世情缘亦是聚散有时，来去无心。你说弱水三千，只取一瓢饮；娇梅万朵，独摘一枝怜。却不问，这一瓢水，一枝梅，是否与你今生缘定，多少美丽的错误，就这么酿下。而幸福，与我们只隔了帘烟雨，此后，各自成了爱情的孤魂。碧无水涯，也许我们不是那同船共渡的人，但是，我们可以共饮这滚滚的长江水。

于是，依旧有许多人，在江畔吟唱李之仪写的这首《卜算子》，恍惚如醉。只是河堤悠长，没有谁，可以在星夜之前赶到他想要抵达的港湾，与爱人共诉一夜柔情。暮色来临之前，江岸已经点亮了太平盛世里才有的灯火。茶馆收拾起桌椅，结束了一天的忙碌，白天它为过客开放，夜晚，它只做自己的归人，借一扇窗，遥望远方。

江水深沉，不知埋葬过许多冤魂，又隐藏了多少不为人知的秘密，但盛世风流，相思也许不能起死回生，但是一定可以抚平时间的伤口。你年轻时，和韶光也许是敌人，当有一天老到心底覆盖了青苔，则愿意和韶光化敌为友。只因你需要借助它的存在，去回忆那些细水长流的往事。

“我住长江头，君住长江尾。日日思君不见君，共饮长江水。”如此简洁明净、情意婉转的词句，想要让人不记住都难。因为一首词，所以喜欢水，而后爱上了茶，爱上茶的清苦与品后的回甘。我想着，在多年前，他们一定有过这样一次欢聚。那女子，用一片冰心，放入壶中，煮成香茗，他们剪烛西窗，夜话到天明。

多年以后，他们各自品尝一盏茶，是否还能忆起，当年冰心煮茶的味道？有时候，连自己都会心生疑惑，当年是否真的喝下了那盏茶，为何记忆中那已是一杯白水。物转星移，飞沙走石，一切都会改变，连同对着滔滔逝水许下的诺言，亦会更改它的初衷。

“此水几时休？此恨何时已？只愿君心似我心，定不负相思意。”就这般，在相思里惊心度日，把离愁别恨当成千劫百难，在无能为力的时候，怨怪起永不休止的江水。都说江水无情，不为任何人停驻，却不知，江水又比任何人都有义，至少它不会转身，留下无谓的纠缠。人的相思，会有尽头，许多人明知相思枯竭，却连诀别的勇气都没有。

把秘密托付给时间，而自己却在人生的荒原，寻找新的一席之地，开始另一段缘，偷折一枝桃花，占为己有。桃花纷落，就像那些绚烂的爱情，抵不过年华的流转，曾经炽热如火，一旦转身，竟那般冷酷无情。如此也好，倘若都是圆满无缺，又如何将彼此的光华和黯淡显现。倘若背叛了爱情，也无须愧疚，就当是恪守了生命的原则，荣枯是本分。

可还是忘不了那些千恩万宠的时光，想要在江水中，品尝出同样的相思，不辜负彼此的心意。总以为握住相思，就可以安然一世，在有情的岁月里，和所爱之人暮暮朝朝。岂不知，隔着万里蓬山的对话，要比隔着一扇窗、一道门槛，更耐心寻味?

不要以为，闻到彼此的呼吸，就意味着亲近。有时候，距离像是一条无有尽头的河流，它可以延续情感，越远的地方，越是久长。久别重逢的人，聚在了一起，满怀惊喜地想要吐露衷肠，说出口才发觉，自己记着的不过是时间遗落下来的散乱篇章。

静下心来，方想起了写这首词的作者——李之仪。这首词，因为语言通俗易懂又风情独特，所以读过的人，皆难以忘怀。尤其在长江一带，风靡一时，那些陷于爱恋中的男女，时常借词句来表达心意。

流年易过，那些失去的光阴和美好的爱情，都沉落江底，此生不复见。又会有新人，来到江岸，在告别之前，探身取水，装一罐水的相思，也装一罐水的性灵。回去后，有些人迫不及待饮下，有些人刻下誓言，封存。

关于李之仪，历史上只给了他轻描淡写的几笔：北宋词人，字端叔，自号姑溪居士，才华横溢，做过官。而我却深记那么一段文字。李之仪《与祝提举无党》里写道："某到太平州四周年，第一年丧子妇，第二年病悴，涉春徂夏，劣然脱死。第三年亡妻，子女相继见舍。第四年初，则癣疮被体，已而寒疾为苦。"后遇赦复官，授"朝议大夫"，未赴任，仍居太平州南姑溪之地，以太平州城南姑溪河（又称鹅溪）为缘，自名"姑溪居士"。

短短几行字，仿佛看到一段被岁月的利刃宰割的人生。不知道，在水一方的伊人，究竟是谁，又去了哪里。但我们知道，在长江水饮尽之前，她已经将自己和爱情一起典当，变卖给了别人。而词人也错过了赎回的期限。这么多年，长江的水依旧东流，曾经约定好的人，却和相思一起缺席。

玉人何处，梅边吹笛

《暗香》　姜夔

旧时月色，算几番照我，梅边吹笛？
唤起玉人，不管清寒与攀摘。
何逊而今渐老，都忘却，春风词笔。
但怪得、竹外疏花，香冷入瑶席。
江国，正寂寂。叹寄与路遥，夜雪初积。
翠尊易泣，红萼无言耿相忆。
长记曾携手处，千树压，西湖寒碧。
又片片吹尽也，几时见得？

一首《暗香》，咏梅绝唱。在千年的词曲里，婉转流淌，不仅是因为词中清雅绝俗、幽梦无边的意境，更缘于我对梅花的偏爱。我爱梅，爱她的冷韵冰洁，爱她的孤傲绝世。仿佛此生所有的记忆，都是从梅开始，仿佛所有的故事，皆因梅而起。

而我，则是那个为梅而生的女子，从千年的时光水岸，移至深深庭院。梅枝依旧那般遒劲沧桑，花瓣一如既往地洁净清雅。人世深稳，一切都没有改变，我无须假装去怀念过去，像煞有介事地追悼自己。因为，梅花是我，我是梅花。

其实那首叫《梅花三弄》的曲子，经过历史的云水流转，早已更改了当初的韵律，只是无人知晓。或许每个人都明白，只是不忍心说出口，怕自己无意的话语，会拆穿那美丽的谎言。我们总把过错归结于无知，以为掩饰了伤口，就可以维持从前的美好。却不知，人生就如那一树梅花，需要一路修修剪剪，开开落落，方可尽善尽美。在清朗的月光下，不必山重水复地去追寻什么，那朵梅花，已离了枝头，幽淡的暗香弥漫了整个天空。

为了一个心愿，觅寻一段尘缘，我甘心为梅，徜徉在冰冷的光阴里，无有半句怨言。姜夔亦爱梅，并在冒雪访范成大于石湖时，写下了著名的《暗香》和《疏影》。张炎在《词源》中所说：“诗之赋梅，唯和靖一联（指“疏影横斜水清浅，暗香浮动月黄昏”，实为词，误）而已，世非无诗，无能与之齐驱耳。词之赋梅，唯白石《暗香》《疏影》二曲，前无古人，后无来者，自立新意，真为绝唱。”他们都是借梅咏怀、即景抒情，将个人的飘零身世和荣辱盛衰寄寓于一枝寒梅，让梅花用她的空灵和素净，来掸去沉积在心中的尘埃。

当我们的青春渐行渐远，就总是责怪时间无情，从不问，自己又付出多少感情给时间。其实，我们大可以对时间冷眼相看，彼此不惊不扰。

“旧时月色，算几番照我，梅边吹笛？唤起玉人，不管清寒与攀摘。何逊而今渐老，都忘却，春风词笔。”他想起了旧时明月，想起自己在月光下，在梅边吹笛的影子。如烟往事涌上心头，笛声唤起佳人，和他一起攀折梅花，不顾雪中清寒。而今年老得只能依靠回忆，来想念当年春风般的词笔。过往的柔情，当下的落寞，究竟是自己冷落了梅花，还是梅花冷落了自己？

“但怪得、竹外疏花，香冷入瑶席。”竹林外，疏落的梅花，将清冷的幽香，散入一场华丽的宴席。像他这年岁的人，本已淡漠花期，但梅花冷艳的幽香，将那平静的心再次撩动。他想起了折梅的玉人，就算他还可以吹出当年的笛声，亦唤不来玉人的倩影。

当他还在怪怨梅花多情时，竟不知，自己的词句，早已惊扰看客的心。一个文辞精妙的词人，就像一个法力高超的巫师，用他的巫术，先蛊惑自己，再蛊惑别人。这些中蛊的人，陷在幻境里，再也无法自在自若地走出来。

“江国，正寂寂。叹寄与路遥，夜雪初积。”此时的江南水乡，一片寂静，静得似乎听得到雪落在冰湖的簌簌声息，又在瞬间，化作一湖清澈的寒水。此时的姜白石只想折取一枝梅花，寄于佳人，告诉她相思的情意。可叹人世山长水远，积雪覆盖了大地，他已迷失荒径，前路苍茫。

只能捧起酒杯，月下独酌，对着梅花流下伤怀的泪。“红萼无言耿相忆”，词人和梅花相看无语，因为他们怀着同样的相思，就连寒梅，也忆起这对有情人当年执手在雪中赏梅的情景。甚至生出了一种渴望被采摘的心愿，它宁愿被他们折回寒窗下，插在青花瓶里，供他们高雅地观赏，也不愿悄绽于西湖边，和自己的影子默默相看。

未曾将心愿说出来，花期就这么短，那不惧霜雪的寒梅，却经不起一阵清风的吹拂。冷月下，片片花瓣随风飘零，漂浮在西湖的碧水中，美得灿烂，美得悲绝。姜夔看着顺水飘零的落花，觉得自己是这样的无能为力，无力推延它的花期，无力挽住自己的年华，更无力将深沉的思念，传递给远方的佳人。他没有对梅花许下任何的誓言，看着纷飞的落梅，他甚至在问自己，自己究竟爱的是那个宛若梅花的女子，还是梅花。

放鹤亭边，梅妻鹤子的林和靖，对梅花的痴爱，也许胜过了姜夔。又或者说，他的梅妻也是借口，在他隐逸的内心深处，还有一段未了的情缘，曾经和一位宛若梅花的女子，许过一段梅花的诺言。但因现实中无意的错过，他们不能厮守，就如同姜夔，因为自己的落魄，给不了佳人一生的安稳，所以，宁可背负相思，尘海飘零。

不知他此次所思念的女子，和“两处沉吟各自知”里所思念的女子，是否为同一个人。但我明白，无论是或不是，他都没有背叛。没有谁规定，一生只能爱一个人，一生只能犯一种错，在真情面前，我们都是弱者。所以无须为自己辩护什么，选择了爱，也意味着迷失了一半的自己。落梅纷纷，无语胜有声，如今他只是一个淡泊世事的老翁，仿佛唯有这样，才有足够的资格，和梅花一起讲述悠悠过往。

他的一生，确实从来不曾安稳过，就连死后入葬的钱也没有。是友人将他葬在钱塘马塍处，一副棺椁，一堆坟土，应该还有一树梅花。他做到了，宁可相思一生，也不负累红颜。这世间，爱梅之人不胜枚举。我和梅花的这段情结，亦不知还能维系多久。试问，茫茫人海中，谁才是梅花，真正的主人？

断肠才女，断肠词集

《减字木兰花·春怨》　朱淑真

独行独坐，独唱独酬还独卧。伫立伤神，无奈轻寒著摸人。

此情谁见，泪洗残妆无一半。愁病相仍，剔尽寒灯梦不成。

我知道，她是在“剔尽寒灯梦不成”的孤独中死去的。那羸弱的灯火，没有延续她的生命，也没有延续她的情感，更没有延续她的梦想。她甚至在寒夜里，连梦也做不了，试问，一个才貌非凡的女词人，到了连梦也做不成的境况，生命于她，又有何意？这没落而荒凉的尘世，之前不曾给过她希望、温暖以及爱情，如今又还有什么理由，来挽住她？

寂寞窗牖下，一盏孤灯明灭，挑过的灯花越来越亮，灵魂的火焰却越来越暗。她就是这样，起笔连用五个“独”字，把心中无以排遣的苦闷愁怀，淋漓地写出来。“独行独坐，独唱独酬还独卧。”这般顾影自怜，起卧无时，酌酒无绪，赋诗无心。有时，人生就是为了衬景，任你如何黯然伤神，都是徒劳。

看着寂寞的影子，她悲伤得泪流满面，心中还有未曾死去的情愫，却无人得见。愁病交加的日子，她只能独对寒灯，用枯瘦的手指，挑着点点灯花。想伴着这盏幽灯，沉沉睡去，做一场曼妙无声的春梦。可寒夜悠长，她看着孤灯，止不住地叹息，连一个平淡的梦也做不了。

她叫朱淑真，生于宋代一个普通的仕宦之家，不显赫，却也殷实。她所生活的时代，恰逢南宋与金人媾和，社会渐趋稳定。自幼冰雪聪慧的她，博通经史，能文善画，精晓音律，尤工诗词。这样一位才貌双全的女子，多希望她有幸福美满的一生，就算不华丽，也该享有平凡简单的幸福。可她短暂的一生如此不尽如人意，情场失欢，最后抱恨幽栖而终。

她本红尘阡陌上一朵傲世黄花，奈何被人随意采折，又不被人珍爱，独自于土定瓶中萎落。她一生为情所牵，却不知一生到底交付给了谁，一朵花，寂寞地开在尘世，独自绽放，独自凋零。还不如一株寻常的草木，落入尘网，尚能尝尽五味杂陈的烟火。可她“宁可抱香枝上老，不随黄叶舞秋风”，她追求美好的爱情，爱情却将她辜负。

少女时，她也曾天真烂漫，也曾穷日逐欢，怀着对爱情的无限憧憬，在闺房里填词作画，抚琴读书。她希望，用自己最洁净的心，等待命定的缘分。她甚至幻想过，她的郎君，应该是俊朗儒雅、满腹诗文的风流才子。白天，他俩花前柳下，吟诗对句；夜间，红绡帐里，鸳鸯同飞。他为她轻妆描眉，她为他红袖添香。

但她没能如愿以偿，现实是冷酷的，没有谁，可以预测自己的命运。就在她十六岁的那年，父母做主，将她嫁给了一个庸俗小吏。仿佛从新婚第一天开始，她就已经看到自己无望的余生，单调，乏味，苍白而悲哀。

此后，她随夫游宦于吴越荆楚之地，饱经流离之苦。她或许也想和夫君携手走过风雨人生，可每次面对这样一个与自己毫无精神共鸣的男人，她那颗本就不够温暖的心，在冰冷中渐渐死去，空留一声幽怨——“对景如何可遣怀，与谁江上共诗裁”。

这样一个吟咏“绿杨影里，海棠亭畔，红杏梢头”的诗意而妩媚的女子，如何与一个满身铜臭、不解风情的男子携手终老？他们就像流水中两片旋转的落叶，朝着各自的方向奔走，永远不会有爱的交集。

以为自己相伴一生的男子，会为她遮风挡雨，会给她一个坚实的臂弯，呵护她柔弱的心怀，却不料，这样的叠合，反添了心灵的负累，给了她无尽的愁烦。人生的悲哀莫过于鸳鸯枕上不同梦，看着熟睡在身边的男子，她却只能将泪水伤情地吞咽。他们朝暮相处，心和心之间，却隔着这世界最遥远的距离。

如果她安于现状，甘心做一名凡妇，为她的丈夫持家度日，生儿育女。这一生，也许平淡，却可以安稳，也许没有梦中的诗意，却有朴素的真实。可她被撩拨的心弦已经无法平静，绽放的花朵已经无法收回，是的，回不去了，这朵孤高傲世的黄花，开在崖畔，注定了一生孤绝。

她的美丽，只能独赏，她的芬芳，亦只能独尝。在没有知音的日子里，她亲手将自己鲜妍的花瓣折下，研磨成汁，调酒饮下。然而，她饮下的亦是爱情的毒酒，爱情的毒药。所谓毒药，一半是毒，一半是药。她是个决绝的女子，只服下了毒，却没有给自己准备解药。

在缘分的路上，她始终没有找到一个可以执手同游的人。命运把她交给孤独，她在孤独中断肠，在断肠中死去。她虽不及李清照那般格调高雅、潇洒大气，在文坛上，却可以并驾齐驱。她们同为词后，却有着各自不同的宿命。

李清照在爱情中享受过一场华美的盛宴，纵使后来尝尽离合悲欢，她也曾热烈地拥有过。而朱淑真却是一朵寂寞的黄花，永远结不出并蒂，她在纷乱的红尘独舞，一个人绝世，一个人倾城，一个人走过似水流年，一个人守候地老天荒。

她的一生，什么也没留下，只有一册《断肠集》，词中句句皆是断肠之音。而她亲笔写下的诗稿，也和她一起化成灰烬。《断肠集序》所载："其死也，不能葬骨于地下，如青冢可吊；并其诗为父母一火焚之。"

这样一位绝代佳人，芳冢都没有一座，就连在她坟前浇杯薄酒的机会都不给后世留下。以为葱郁的草木，可以覆盖她简短的一生，她却将自己托付于流水。她的骨灰，被抛撒在钱塘江水中，千年已过，不知道那寂寞的芳魂，是否还在江畔徘徊，吟哦她的词句，等待她的知音。

记忆是开在流年里的花，不曾绚丽，就在风中寂灭。可总还有人记得，她叫朱淑真，号幽栖居士，在宋朝的一场时光梦里，恍惚地来过，又恍惚地走了。她的一生，只有文字，没有爱情。她留给我们一卷词集，叫《断肠集》。

免使年少，光阴虚过

《定风波》　柳永

自春来、惨绿愁红，芳心是事可可。

日上花梢，莺穿柳带，犹压香衾卧。

暖酥消，腻云亸。终日厌厌倦梳裹。

无那！恨薄情一去，音书无个。

早知恁么。悔当初、不把雕鞍锁。

向鸡窗、只与蛮笺象管，拘束教吟课。

镇相随，莫抛躲。针线闲拈伴伊坐。

和我。免使年少，光阴虚过。

多少年华，多少情爱，被我们毫不吝惜地抛掷。每当读到这句“镇相随，莫抛躲”，心中都会生出一种无言的怅叹，仿佛总有些什么遗憾，是我该自省的。多少人，在苍绿的岁月里，悔不当初，以至于都想寻找一种叫后悔的药，以为服下去，就可以重来。如此，省略一些错失，留住更多的美好。

就算回不到年少，也要给自己一个改过自新的借口。写下这句词的人，叫柳永。他的一生，将浮名，换了浅斟低唱。他的一生，倚红偎翠，恣意尽欢。那么多流连于烟花巷陌的多情才子，也许只有他，敢立于朗朗乾坤下，说道：我风流，但我没有辜负。

柳永，原名柳三变，又称柳七。他的一生，似乎都在失意中度过，满腹才学，得不到赏识。几次科试皆落榜，一恼之下，写了《鹤冲天》，宣称“忍把浮名，换了浅斟低唱”。你皇帝老儿，不让我及第做官，我便不做官，又奈我何？宋仁宗知道后，便给了批示：好吧，此人留恋风月，要浮名作甚？那就去烟花柳巷，填词吧。于是，柳永自称“奉旨填词柳三变”，并以“白衣卿相”自许。此后，他日夜流连于风月场所，和青楼妓女卿卿我我。在词坛上叱咤风云，有云“凡有井水饮处，皆能歌柳词”。

那时候，寻常巷陌，无人不知柳三变。只因他毫不吝惜自己的笔墨，得到了许多青楼歌伎的追捧，她们视为他知己。多少寻欢作乐的风流男子，唯柳永对她们以心相待，懂得怜香惜玉，珍惜彼此在一起相处的情义。他自负风流，醉倒在温柔乡，于胭脂朱粉里，找寻知己红颜。而她们，将温暖的怀抱，腾给世间男子，却从来换不回真正的安定。这些深感世情苍凉的歌伎，能在寂寞时，有一位多情才子相陪，自是解了无数愁烦。

印象中，柳永的词最为出色的当是那首《雨霖铃》。一句“多情自古伤离别，更那堪、冷落清秋节”不知道给世间痴男怨女带来多少清凉与感叹。他对秋天情有独钟，以悲秋的宋玉自比。可这首《定风波》却是为那些沦落在社会底层的风尘女子而写，表达出他对这些歌伎的无比怜惜以及悲悯。他以心交换，所以懂得其间的寂寞和酸楚。他将自己沉溺于秦楼楚馆，和她们携手相伴，为冷暖江湖，添了多少妩媚和传奇。

“自春来、惨绿愁红，芳心是事可可。”这是一个被情人抛弃的歌伎，她的不幸，也是千万个青楼女子的不幸。本是桃红柳绿，于她，却是一片愁惨。一颗芳心，竟是这样无处安放。红日高照，莺歌燕舞的人间，她却无意观赏，沉溺于绣被里，恹恹庸庸。相思成灾，让她形容憔悴，丢弃了胭脂水粉，搁置了翠玉珠钗，又忍不住，怪怨那薄情之人，就那样一去，杳无音信。他是被世事缚身，难以解脱，还是早已将这段情缘抛掷身后，在另一处烟花巷，恣意寻欢。

“早知恁么。悔当初、不把雕鞍锁。”早知会有如此境况，悔不该当初没将他留住。就这样寻常的两人于一处，他读书写字，她闲拈针线，温存相伴，守着现世安稳，静美无声。多么痴傻的女子，她以为，当初只要她启齿，就可以挽留住一颗放浪不羁的心。她不知，那多情风流的男子，会留下种种借口，搪塞过去，任何一个简单的理由，她都无法拒绝。

她的惊艳，换得来一夜倾城，却换不来一生相守。就连拴在门口的马儿，都会催促主人，是该启程了，因为他无须对一个青楼女子许下任何的承诺。纵是许下了，也可以不必兑现。他自策马扬尘，春风得意。留下她，狠狠地想念，用素心，等待一场无期之约。

“镇相随，莫抛躲。”就这样相随吧，莫再抛闪，许我锦瑟年华，与你男欢女爱，不要将光阴无端地虚度。情深如此的女子，难道真的是她过于痴傻，不解平淡的相守是人间最难求取的幸福？她要的，只是安稳度日，为心爱的男子，红袖添香，洗手做羹汤，做他荆钗布裙的妻，与他荣辱与共，甘苦相陪。在最深的红尘里烟火相随，波澜不惊的容颜，可以平静地老去。这一切，都是她一厢情愿，那曾经与她共赴巫山云雨的男子，早已将怀抱腾出来，给了别人。

我所见过最美的相随，应当是《倚天屠龙记》里赵敏对张无忌的万般情意，生死相陪。在感情上懦弱的张无忌几次三番躲避，甚至对她猜疑、误解，可是赵敏勇敢地追随，用点滴的时光，让他看清她的爱，她的痴。她为他抛弃高贵的大元郡主身份，不惜与朝廷作对，与父兄作对，把一生的真心和珍重，都给了张无忌。感动至此，让我想起了那句话：只要你要，只要我有。最后张无忌总算没有辜负佳人，二人携手，远离江湖，居住在没有人烟的冰火岛，相依相守，一生一世。

这是江湖儿女的爱情，美丽、浪漫，也悲壮。柳永笔下的青楼女子，亦是如此，甚至更需要勇气，因为她们卑微的身世，就注定了她们苦难的人生。柳永是那个为她们解读风霜的人，将她们悲哀的心事，深情的渴望，付诸词中。他希望那些风流男儿，不要轻易许下诺言，不要轻易辜负佳人。这正是官场失意的文人和痴情的风尘女子灵魂相通之处。

柳永的这首词，不为许多文人墨客所认可。据说，他曾拜访晏殊，晏殊就以这首词中“针线闲拈伴伊坐”相戏。但他的词，深得市井百姓的喜爱，因为有种毫不掩饰的亲切之情。所以元曲大家关汉卿将柳词搬上了舞台，用另一种简易通俗的方式，传唱这种平淡却雅致的情怀。

也因为柳永一生与青楼女子为伴，深刻地懂得她们的悲苦，视她们为红尘中相依的知音。故在他死后，那些歌伎纷纷解囊相赠，凑足银两，给他安葬。这位奉旨填词的柳三变，没有从人间带走什么，却给宋朝留下了凄美的故事、散淡的辞章。

凡心动，怎顾得清规戒律

《西江月》　陈妙常

松院青灯闪闪，芸窗钟鼓沉沉，黄昏独自展孤衾，欲睡先愁不稳。

一念静中思动，遍身欲火难禁，强将津唾咽凡心，怎奈凡心转盛。

“小女子年方二八，正青春被师傅削去了头发。我本是女娇娥，又不是男儿郎……”在陈凯歌的《霸王别姬》里，程蝶衣一遍一遍含着血泪唱这首《思凡》，因总唱不对台词而吃尽苦楚，那情景让看客心痛不已。

这里《思凡》的主角，说的是尼姑陈妙常。著名昆曲《玉簪记》里演的道姑陈妙常和潘必正的爱情故事，也是因陈妙常空门偷情，而被文人墨客渲染改编而成的。因为离奇，才会有人舍得挥毫泼墨，迫不及待地想要抢占先机。一时间，汴京纸贵，戏里戏外，辨认不出真假。都说人生如戏，看多了别人的故事，有时会不由自主地舍弃自己的舞台。

空门里没有爱情，他们的七情六欲，被清规戒律挂上了一把铜锁，封印在青灯黄卷中。有些人，悄悄开启，甘愿堕落红尘，万劫不复。有些人，则封锁一生，愿早日端坐莲台，远离颠倒是非。佛家信因果轮回，岂不知，修炼之人，皆为世间寻常男女？只因一段梵音或一卷经文的感化，才有了佛缘，他们又如何能够在短时间里放下执念，了悟生死，视万物为空，轻易地躲过情劫？

陈妙常是南宋高宗绍兴年间（1131—1162年）临江青石镇郊女贞庵中的尼姑。陈妙常出家的初衷，并不是追逐潮流，她本出身官宦，只因自幼体弱多病，命犯孤魔，父母才将她送入空门，削发为尼。然而她蕙质兰心，不仅悟性高，而且诗文音律皆妙，出落得更是秀丽多姿、美艳照人。这样一位绝代佳人，整日静坐在庵堂诵经礼佛，白白辜负了锦绣华年。

如果说冰雪聪明、天香国色也算一种错，那她的错，是太过雅致完美。她是佛前的一朵青莲，在璀璨的佛光下，更加清丽绝俗，妩媚动人。这样的女子，不落凡尘的女子，于任何男子来说，都是一种诱惑。哪怕身居庙宇庵堂，常伴古佛青灯，也让人意乱情迷。

那时，庵庙里设了许多洁净雅室，以供远道而来的香客住宿祈福，寺庙里可留宿女客，庵堂内也可供男客过夜。正因为如此，陈妙常的美貌与才情，才让有缘的男子倾慕。她正值花样年华，面对红尘男子，纵是木鱼为伴，经卷作陪，芳心亦会难以自持。

陈妙常第一次邂逅的男子叫张孝祥，进士出身，当年奉派出任临江县令，途中夜宿镇外山麓的女贞庵中。那是一个月白风清的夜晚，张孝祥漫步在庵庙的庭院，忽闻琴声铮铮琮琮，只见月下一妙龄女尼焚香抚琴，绰约风姿，似莲台仙子。一时按捺不住，便吟下了“瑶琴横几上，妙手拂心弦”“有心归洛浦，无计到巫山”这样的撩人艳句。

但陈妙常不为他的词句所动，回了他“莫胡言”“小神仙”的清凉之句。张孝祥自觉无趣，悄身离去，次日离开庵庙，赴任去了。后虽每日公务缠身，却始终不忘女贞庵中那月下抚琴的妙龄女尼。常常因此心神荡漾，相思频添。

张孝祥的昔日同窗好友潘法成游学来到临江县，故人重逢，共话西窗。谈及女贞庵的才貌双全的女尼，张孝祥感叹自己人在官场，身不由己的苦楚。而这边的潘法成已听得心旌摇曳，为睹妙姑风采，他借故住进了女贞庵中。

他认为，一位才华出众的绝色佳人，甘愿舍弃凡尘的一切诱惑，毅然住进庵庙，清心苦修，必定有着不同寻常的心路历程。他住进女贞庵中的别院厢房后，与陈妙常有了几次邂逅的机会，郎才女貌，在清净的庵堂，俨然亦是一道至美无言的风景。

一个被春光淹煎的妙龄女子，这一次，遇见了梦里的檀郎，自是情思无限，欢喜难言。二人谈诗论文，对弈品茗，参禅说法，宛如前世眷侣。直至陈妙常芳心涌动，写下了这一阕《西江月》：“松院青灯闪闪，芸窗钟鼓沉沉，黄昏独自展孤衾，欲睡先愁不稳。一念静中思动，遍身欲火难禁，强将津唾咽凡心，怎奈凡心转盛。”

过往的清规戒律，经不住风流文字的撩拨，情思似决堤之水，滔滔不止。松风夜静、青灯明灭的深宵，她空帏孤衾，辗转不眠，一时间，抛开了所有的矜持和腼腆。而潘法成读了这阕艳词，亦立即展纸濡毫，写下“未知何日到仙家，曾许彩鸾同跨”之句。

《红楼梦》中于栊翠庵修行的妙玉，与陈妙常极为相似。又或者说，那些空门中的道尼，一旦动了凡心，皆是此般情态。妙玉本洁净之人，奈何钟情于宝玉，视他为大观园中唯一的知己。于菩提道场修炼多年的妙玉，那日动了凡心，静坐禅床，却神不守舍，一时如万马策奔，连禅床都摇晃起来。

一直以为妙玉的定力非凡，可也难免走火入魔，那魔是心魔，是情魔。这般如花美眷，遇见宝玉那般清雅的男子，一时意乱情迷，亦算不上是过错。芸芸众生，各有各的缘法，各有各的宿命，万般有定，强求不得，更替不了。

此后，女贞观成了巫山庙，禅床成了云雨榻，如此春风几度后，陈妙常已是珠胎暗结。那时的庵庙虽常有男欢女爱之事发生，但大多为露水情缘，难以长久。而陈妙常自觉凡心深动，她与潘郎真心相爱，不愿分散。

潘法成为此求助于好友张孝祥，张孝祥乃通情达理之人，不生醋意反出了主意，让他们到县衙捏词说本是指腹为婚，后因战乱离散，今幸得重逢，诉请完婚。张孝祥就是县令，所以他接过状纸，问明原委后，立即执笔判他们有情人成眷属。

她离开女贞观，穿上了翠袖罗裳，收拾起纸帐梅花，准备着红帷绣幔。此后，巫山云雨，欢眠自在，春花秋月，任尔采摘。

一缕心思，织就九张机

《九张机》 无名氏

一张机，采桑陌上试春衣。风晴日暖慵无力。
桃花枝上，啼莺言语，不肯放人归。
两张机，行人立马意迟迟。深心未忍轻分付。
回头一笑，花间归去，只恐被花知。
三张机，吴蚕已老燕雏飞。东风宴罢长洲苑。
轻绡催趁，馆娃宫女，要换舞时衣。
四张机，咿哑声里暗颦眉。回梭织朵垂莲子。
盘花易绾，愁心难整，脉脉乱如丝。
五张机，横纹织就沈郎诗。中心一句无人会。
不言愁恨，不言憔悴，只恁寄相思。

六张机，行行都是耍花儿。花间更有双蝴蝶。
停梭一晌，闲窗影里，独自看多时。
七张机，鸳鸯织就又迟疑。只恐被人轻裁剪。
分飞两处，一场离恨，何计再相随。
八张机，回纹知是阿谁诗。织成一片凄凉意。
行行读遍，厌厌无语，不忍更寻思。
九张机，双花双叶又双枝。薄情自古多离别。
从头到尾，将心萦系，穿过一条丝。

“原来姹紫嫣红开遍，似这般都付与断井颓垣。良辰美景奈何天，赏心乐事谁家院……”听昆曲《牡丹亭》，一个女子，柔韧缠绵地低唱声，逶迤而来，撩拨着原本就松弛的心弦。缓慢的节奏，温软的情思，似要将心随之融化在一起。脑中顿时浮现四个字：春丝如线。

春丝如线，当真是妙不可言四个字。春风有情，知人心意，轻轻拂去了落在书卷上的尘埃，翻到了一个词牌叫《九张机》的这一页。只因有位女子，正用如线春丝，一针一线，连连织就九张机。而我恰好也只是一个春天的过客，不经意看罢她的锦瑟流年。

写这首《九张机》的作者，是无名氏，词卷收入至《乐府雅词》。我问友：《九张机》的作者，应该是个民间女子吧，诉说她对春光的爱慕，对情缘的向往？友答：绝不是女子，是文人托女子的口吻而写。我笑：宁愿是个平凡的民间女子所写。友亦笑：你便当作一位寻常的女子吧。

读这首词，恍如看到一个民间女子，在锦绣如织的人间，过着烟火纷呈的日子。她采桑织锦，惜别怀远，将诗情、离愁、相思都纺织在锦缎上，希望有情人可以解她心意。一掷梭心一缕丝，如此巧妙的心思，连织九张机，真是九曲回肠，耐人寻味。

一张机，让我们看到一个朴素的女子，在陌上采桑，被大自然的春风熏染，流露出慵懒陶醉的娇态。枝上桃花，开得妖娆绚丽，流莺婉转的歌声，令人痴迷，令她不舍归去，愿葬于春风阡陌，桃枝柳岸。每次看到陌上桑，就会想起秦罗敷，那个在春天陌上采桑养蚕的罗敷女。从此，这棵桑树，在任何朝代，都长满嫩绿的桑叶，仿佛桑树的前生，就是罗敷女。

两张机，有打马而过的行人迟疑不决，欲行又止，女子回眸一笑，却怕被花草知晓娇羞的女儿心事。她只将深情蜜意藏于心间，遮掩多情的秘密，眼眸里却又流露出依依难舍的情意。从此，相思就这样深种，在五光十色的红尘，一梦难醒。

三张机，蚕老雏燕纷飞。吴王的馆娃宫，宫女们更换舞衣，这些民间的少女，则要开始紧张地织锦劳作。四张机，她一边纺织一边止不住地相思，却不曾因相思而停下机杼，只想将万千思绪，一丝丝织进锦缎里。来来回回地缠绕，她心灵手巧，一朵清雅别致的莲花，就这样织成，可心中的离情愁思，却怎么也理不清。我们仿佛看到一个少女，一点幽情动早，就这样误入春风花海，惹来相思无限，不知该如何让自己走出来。

最喜五张机，这位多情的少女，默默地将相思的诗句，顺着横纹，织在锦绣上。又忧心着诗中的寄意，不被情人所理解。“不言愁恨，不言憔悴，只恁寄相思。”她重复用了两个“不言”，是这样不愿倾诉自己的离愁别苦，不愿让心上人知道她憔悴的容颜。只将相思写入诗中，借锦缎，将寸寸柔肠和缕缕情丝，细细地织进去。这般深情，用织锦的方式巧妙地表达，读来新颖，实在是妙处难与君言。

六张机，她看到锦匹上，花间蝴蝶双飞，更添了她的相思情愫。如此情不自禁地停梭一晌，往窗外多看了几眼，陌上，春光渐行渐远，而那时行人，早已不知消失在哪一处春色芳菲的路径，是否还记得那回眸的一笑？记得返程的路？

七张机，她织成了戏水鸳鸯的图案，以为这样便可以双宿双栖。心中却不禁迟疑，唯恐这鸳鸯，被无心之人裁剪，从此劳燕分飞，反惹来离恨，再无计可相随。只听她不停地怨叹，早知有今日此番难以排遣的离恨，当初莫若不要相识。不相爱，就不会有相思；不相聚，就不会有相离；不相依，就不会有相弃。

八张机，回纹知是阿谁诗。回文诗，是一种按一定法则将字词排列成文，回环往复都能诵读的诗。这种诗的形式变化无穷，奇巧无比，可以上下左右，颠倒着读，亦可以顺读，反读，斜读。只要遵循规律，任意一种方式，都能读成诗篇佳作。最为绝妙、广为流传的，当为苏蕙用其绝代才情，写给她丈夫的“璇玑图”。

那是一篇由八百四十一个字排成的“文字方阵”，读法千奇百怪，可以衍化出各种诗体。多少人争相传抄，费上几年工夫去读，可是能读懂的人却寥若晨星。苏蕙用她的旷世之才和一往情深，方写就这样一幅玄妙超然的“璇玑图”，可谓千古称奇。而这位女子，借苏蕙的回文诗，表达自己的心意。只想将这别出心裁的回文诗，用五彩丝线，织成锦绣，遥寄情思。

九张机，并蒂花，连理枝，都已织成，可相离多时的人，依旧不得相聚。她怨怪那薄情男儿轻言别离，流连湖光山色，不思归路。叹自己一片情深，从头至尾，将心萦系成一条丝线，素手织就同心结。谁知鸳鸯失伴，连理分枝，惹来幽恨，枉自断肠。

提笔至此，心生迷惘，问友：释、道、儒，你更喜何种？友答：释家绝情，道家清修，儒家入世。我不解：释家为何绝情？友答：佛家劝人为善，寡欲清静，却是好的。那清修者，断了男女之情，岂不缺憾！一语惊心，方知世间万物，皆为情生，皆为情死。

佛家有《三世因果经》，告知世人，每个人的三生，都已注定。因果循环，前世种下何因，今生就得何果报。故方有众生万相，有人为权贵将相，有人是草野莽夫；有人善良敦厚，有人奸恶阴邪；有痴情种，也有负心人。

据说，在阴司，有一专管天下怨女痴男的徇情官，他掌管红尘男女的情爱。多少繁华地，成了佳人冢，多少温柔乡，成了英雄墓。既知韶光似云烟过眼，缘来时，当好自珍惜，不辜负人间风月，锦绣华年。

第四卷◎一蓑烟雨任平生

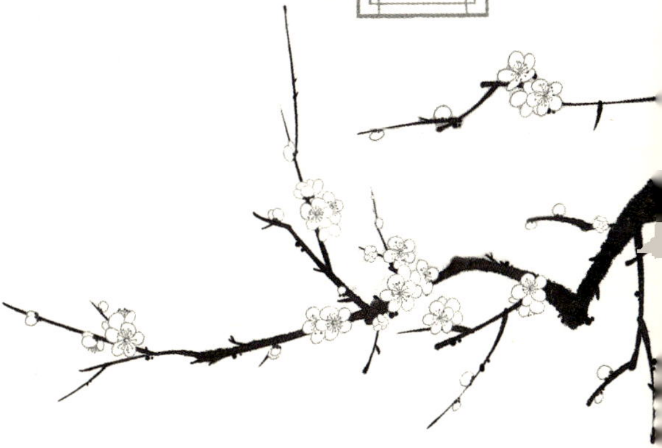

浮生长恨，悲多喜少

《木兰花》　宋祁

东城渐觉风光好，縠皱波纹迎客棹。

绿杨烟外晓寒轻，红杏枝头春意闹。

浮生长恨欢娱少，肯爱千金轻一笑。

为君持酒劝斜阳，且向花间留晚照。

翻开一卷宋词，也是打开千年前纷纭的往事，时间是鹊桥，让我们重见隔世的光阴和月色。数载分离，换来偶然的相聚，依旧是萍水相逢，我们只需要交换一个眼神，在没有约定的日子里，仍可以来往从容。这一切，和因果无关，只当作一段与文字温柔的际遇。

邂逅宋祁的《木兰花》，不知至今为止，已经是第几个年头的春暖花开了。只一句“红杏枝头春意闹”就让思绪摇曳生姿，无论窗外是哪个季节，屋内都是一派姹紫嫣红。绿杨就长在纸上，杏花亦开在纸上，是词人用笔墨，封存了那年绚丽的春色。人会像枯草衰杨那般老去，而这阕词，像是抹上了水粉胭脂，佳颜永驻。

一场花事在春天登场，愉悦地汲取人间的光暖和雨露，还有人的情感和性灵。许多追逐的目光，为了这场嫣然丰盛的花事，早忘了世情风霜。王国维在《人间词话》里称道：“‘红杏枝头春意闹’，著一‘闹’字而境界全出。”

“东城渐觉风光好，縠皱波纹迎客棹。”这是一幅早春图，色彩明丽，洁净端然。满城春光，让人想要走进这个缤纷的世界，与春风携手戏游人间。潋滟春光，撩人情态，泛舟湖上，花瓣铺床，绿叶作枕，花露为食。看远处杨柳如烟，一片嫩绿，虽是早春的清晨，寒意却微轻。红杏在枝头，放纵地开放，开到惊艳，开暖了游客柔软的心肠。

每次读到这句“红杏枝头春意闹”，无论当时心情多么平静，都会在瞬间惊诧不已。往日的素颜清淡，被抛之一空。脸上涂抹胭脂花粉，头簪金钗玉珠，身披华衣锦缎。这就是杏花，它不仅装扮自己华丽的姿容，又赋予了别人绝代风采。

一朵朵红杏，就那样毫无顾忌地绽放，仿佛迫不及待地要将生命耗尽。用最短暂的时间，等待着收拾灿烂的果实，它们似乎对绽放的过程从来都不屑，视死亡为乐趣，视悲悯为软弱。故它们有勇气探墙而出，而不拘泥于世俗的束缚。它们向往烟火，愿意和一粒尘埃生出情感，和一缕清风诉说衷肠，更愿意被行人采折，带至家中，落于瓷瓶，装点世人的梦。

世间之人，往往不及一枝红杏，以为守着凡尘清规，就是坚贞。却不知，人活着只有一世，既来到人间，就该尝尽爱恨情怨，方不负这仅有的一次生命。红杏出墙又如何，任何的人事，都会有不可预测的变故。人生当走过逼仄的深巷，去寻找远方曼妙多姿的风景。

世事飘忽无定，从来都没有量身定做的人生，多少无法预测的故事，让宿命不可改写。我们所能做的，则是勇敢地接受过程所带来的结果，淡泊从容地过好每一天。无所谓成败，无所谓生死，无所谓得失，也无所谓来去。

“浮生长恨欢娱少，肯爱千金轻一笑。”浮生若梦，做梦容易，醒来却难，人生总是苦多甜少，悲多喜少。应当不吝惜钱财，纵是散尽千金，也要换取这片刻的春光和欢娱，亦当博得美人一笑。这时的宋祁，携歌伎一起来游赏春色，看如烟杨柳，绚烂红杏。只觉人生得意须尽欢，纵算明日又要将春色归还，留孤独给自己，也不能背叛今天的美丽。

“为君持酒劝斜阳，且向花间留晚照。”他们将春光调制成酒，以花瓣为菜肴，趁着大好年华，肆意交杯换盏，纵是断肠也无悔。他们举杯劝斜阳，希望徜徉于斜阳花下，不被流光催急。

词人对春光的无限依恋，皆溢于纸上，缠绵而不轻薄，华美却不艳丽，情怀真挚，心性豁达。仿佛在告知我们，珍惜缘分，珍惜时光，宁可辜负流年，也不要被流年辜负。烟柳骄傲地披着绿裳，红杏孤高地守着自己的红颜，不需要将爱说出口，春风会给我们最深情的拥抱。

宋祁的一生，应当算是仕途如意，这与他的历程和性情相关。宋祁，字子京，北宋安州安陆（今湖北安陆）人，后徙居开封雍丘（今河南杞县）。天圣二年（1024年）与兄郊（后更名庠）同登进士第，奏名第一。章献太后以为弟不可先兄，乃擢郊为第一，置祁第十，时号“大小宋”。短短几行，写尽词人一生荣光。

我们看到的，是一个穿着官服的宋祁，在北宋京城的崇正殿，春风得意。而这首词，更见宋祁疏放明朗的心性，他宁肯为春光千金散尽，也不愿为世事拘泥。虽在朝为官，却一生闲游山水，折柳采花，恣意人生。

他的另一首词《锦缠道》写着：“向郊原踏青，恣歌携手。醉醺醺、尚寻芳酒。问牧童、遥指孤村道：杏花深处，那里人家有。”以娴雅欢快的笔调，抒发了人生当及时行乐的情怀。

记得《红楼梦》中，一次行酒令，探春掣得了一枝杏花签，红字写着“瑶池仙品”四字，诗云：日边红杏倚云栽。探春便是那枝凌云的杏花，敢与世抗衡，她有着杏的果敢，所以她远嫁他乡，也可以在异国的土地开得灿烂，开得从容。

不禁想起，每个人的前世，或许都是一株植物，于百花千草中，总有那么一株草木，牵系着自己的今生。金陵十二钗中，每个女子，都是一朵花，黛玉是风露清愁的芙蓉，宝钗是艳冠群芳的牡丹，湘云是香梦沉酣的海棠，李纨是霜晓寒姿的老梅，惜春是佛前的莲花……

“红杏枝头春意闹”，宋祁也因这一句词而名扬词坛，被世人称作“红杏尚书”。一枝红杏，探墙而去，倚云而栽。花事登场，花事落幕，浮生如梦，为欢几何。纵是尝尽冷暖人情，也誓要和红尘同生共死。

小舟从此逝，江海寄余生

《临江仙》　苏轼

夜饮东坡醒复醉，归来仿佛三更。

家童鼻息已雷鸣。

敲门都不应，倚杖听江声。

长恨此身非我有，何时忘却营营？

夜阑风静縠纹平。

小舟从此逝，江海寄余生。

曾几何时，我总会不由自主地念出这句诗：长恨此身非我有。那时候的我，年华初好，虽无优雅的风韵，却似一朵初绽的莲，洁白纯真。喜欢斜躺在竹椅上，捧一本宋词，不读，只隔帘听雨。或是临着轩窗，看一轮皎洁的明月，不相思，只和它共修菩提。许多时候，会陷进一种莫名的情绪，觉得自己在纷芜的红尘中丢了躯壳，所拥有的，只是灵魂，好在那是最洁净的。

到后来，我看到一幅图，一朵凋谢的莲花，那花瓣落在莲叶上，有一种凉薄的美。一直以来，我觉得莲花是有佛心禅性的，它应该比别的花更灵逸静美。落笔填词：我本是灵山仙客，又为何，尝尽那人间烟火？搁笔，又久久不得释怀，所谓一字惊心，这句词，又何曾不是在暗喻自己？

我虽无莲的洁净无尘，但内心亦是清澈如水，红尘万千，太多的时候只是身不由己。那时年少，并不是如东坡先生这般为名利所缚，忘不了人间功贵和权势，但也有许多无端的纠缠，让身心无法相依，看尽纷繁起落，碌碌难脱。

如今，不过是隔了几度春秋，曾经的那段心情，却成了再不能回首的岁月。“长恨此身非我有，何时忘却营营？”何时起，我亦沾染了凡尘烟火，学会随波逐流，生了功利之心。又或许，在这五味杂陈的世间，已没有谁，可以真正地做到清白。要做一个两袖清风、心无杂念、没有欲求的人，太难。于现实面前，我们都是那般薄弱不堪，那般无能为力。

至今难忘的，是越剧版《红楼梦》的片尾曲："红雨消残花外劫，黄粱熟透韶华尽。空念着镜里恩情，梦中功名，却不知大厦一朝倾。算人世荣华多几时，何时忘却营营？倚风长啸，阑干拍遍，叹尘寰中消长谁定。把沧桑话尽，留一江春水共潮起潮平。"

一句"何时忘却营营"，似要将贾府里的钩心斗角抖落无遗。偌大的贾府，形形色色的人，纵是落于烟柳繁华地，温柔富贵乡，也不忘功名利禄。他们整日机关算尽，为了纸上功名，花间富贵，丢失了纯净的自己。

仿佛在这庸碌的俗尘，以任何一种方式活着都辛酸而无奈。宝玉一生为情，厌倦功名，到最后，亦被迫赶赴考场，偿还贾府数载恩情。冰清玉洁的黛玉和妙玉，不为浮名，不为攀贵，可终究也不能身心偎依，终被凡尘所累，一个香消玉殒，一个死生不明。

东坡先生写下这首词，也是心中被名利束缚，难以做到明月清风。他一生虽性情放达豪迈，却历尽宦海浮沉，似乎从来没有过真正放下，真正解脱。历史上关于东坡的逸闻趣事不胜枚举，诗词、书画、政治、美食、禅佛，他被赞誉为中国艺术史上罕见的全才。作为唐宋八大家之一，豪放派词人的代表，他的词作对后世影响极深。

喜欢东坡居士的词，豪放却不奔腾，缥缈却不虚无，婉转却不悲凄。每次读他的词，都会惊心动魄，魂梦飘摇，亦会深情悲恸，可到最后，皆归于淡定从容。他说，长恨此身非我有；他说，何事长向别时圆；他说，十年生死两茫茫；他也说，人间有味是清欢。是的，无论当时的他，是如何挥毫泼墨，掩卷时，墨迹已干，那颗曾经炽热的心，也趋于平静。鲜衣怒马和风烟俱尽，只隔了一剪光阴。

这一夜，东坡饮酒，醉后睡下，醒来又举杯，直到酩酊大醉。他所居住的城叫黄州，在这里，他度过了五年的贬谪生涯。一位从高处跌落低谷的人，心境自然痛苦沉抑，不得舒展。但东坡先生豪迈旷达之心性，不会让自己于失意中消沉，他的内心深处，始终有一种不被世事萦怀的恬淡。

当他醉后归家，深夜敲门，家童酣睡不醒时，他并不气恼，而是慕着明月清风，转身拄杖临江，听闻涛声水浪。寂夜临着江岸，无论你醉得有多深，此刻都会被凉风吹醒。历史的烟尘沉于江底，多少次涛声拍岸，都是为了提醒世人记起那些被遗忘的故事。只有理性的智者，才可以在江水中，打捞出千年过往。繁华匆匆，恍如一梦，岁月风流云散，又能打捞到些什么？

明月霜天，好风如水，醉后的清醒，更加明澈。看着夜幕下的江涛，层层波澜，由急至缓，内心有一种被洗澈的洁净。他思索人生，留下感叹：长恨此身非我有，何时忘却营营？回首这么多年，置身官场，浮沉几度，漂泊不定，天涯客居，身不由己的时候太多，而这一切，都是因为放不下人间功贵，被外物牵绊，做不到任性逍遥。

夜阑风静，恰如他此刻的清醒，平和无波的江面，清晰地照见了心灵，让他看到真实的自己。此时，他不惧面对惨淡败落的人生，亦无须做任何掩饰，不需凭借往事，来一场疲惫的宿醉。

他羡慕范蠡，功成身退，抱着美人，泛舟五湖。他亦幻想着可以撑一叶小舟，顺流而下，远离尘嚣，在江海中度余生。如此遁世，不是一种消极和逃避，而是从容地放下。徜徉于历史河道，与其在百舸千帆中争渡，不如乘一叶扁舟漂流。

然而，范蠡做到了，和西施于太湖之畔，游山戏水，不问世事。苏轼没有做到，尽管他身边亦有佳人朝云相伴。纵是遭贬惠州，朝云亦对他不离不弃，为他红袖添香。但东坡居士的一生并未真正退隐江湖，也没有归居田园，他被命运牵绊，一世流离。其才高笑王侯，却没有一处港湾，让他系舟停靠。

庙廊江湖，天上人间，他最终的归宿，还是自己的内心。世间万象，云海苍茫，却抵不过一个人心灵的辽阔。心即江海，心是江湖，归隐于心，换取真正的清凉。叹息一声，想起了电影《笑傲江湖之东方不败》，令狐冲一心只想埋剑深山，退隐江湖，可世事弄人，经历一番腥风血雨之后，他才漂流江海，远去天涯。

令狐冲与东方不败把酒言欢，也算是惺惺相惜，对着万顷江山，他吟诗一首：天下风云出我辈，一入江湖岁月催。皇图霸业谈笑中，不胜人生一场醉。影片的结局，东方不败一袭红衣，决绝坠崖，看令狐冲的眼神，冷傲又多情，凄楚又决绝，那种灿若云霞的美，真是地动山摇。

云烟散去，相忘江湖。过尽沧海，尝遍世味，唯留一种心境，小舟从此逝，江海寄余生。

归去，也无风雨也无晴

《定风波》　苏轼

莫听穿林打叶声，何妨吟啸且徐行。
竹杖芒鞋轻胜马，谁怕？一蓑烟雨任平生。
料峭春风吹酒醒，微冷，山头斜照却相迎。
回首向来萧瑟处，归去，也无风雨也无晴。

窗外一轮朗月，清亮澄澈，我卷帘，只需借着月光，就可以读书。桌案上，摆放着《宋词》《红楼梦》，还有一册《南华经》。其实，书于我来说，只是一种摆设，有时候，连摆设都是多余。时间久了，不过是将它们搁置在月光下晾晒。

都说一个人要壮阔思想，填充知识，就要多读书，书中有黄金屋，书中有颜如玉，书中有良朋知己。可我总不爱翻读，宁可和它们静静相对，于浅淡的年光里，悟出一点禅意。清风探过窗牖，撩开书页，我若有若无地，读几行阴晴圆缺的字。这么多年，不是我教清风识字，而是清风，一直在教我读书。

月光下，映入眼帘的是这么一句：归去，也无风雨也无晴。多美的意境，让人瞬间从容自若，仿佛世间一切风云，皆可消散，万般情怨，亦无有挂碍。这是苏轼在被贬黄州时，在野外偶遇风雨所填的一首词。词牌也特别，为《定风波》。

清风总是知人心意，它知我喜读苏子的词，喜他词中豁达明净的意境，亦喜他悠然淡泊的情怀。唯有他，才可以在风雨飘摇的逆境中，驰骋纵横，我行我素。唯有他，才可以在坎坷的仕途中，依旧满腔豪情，笑傲江湖。

他不是庄子，独与天地精神往来，在心中辽阔的地方，可以摒除一切念想；枕石而眠，在梦里幻化为蝶，以思想为竿，于山峦雾海垂钓白云。庄子觉得万物不断地更迭，唯时间是永恒的。他的淡泊超脱物外，和苏子出尘入世间的淡泊在境界上有所不同。

苏子是身处官场，却不为名利所缚。庄子是游离世外，名利从来不能沾他的身。苏子还感慨过，长恨此身非我有，何时忘却营营？可见，他虽无意仕途，却终不能彻底做个散淡闲人。而战国楚霸登门请庄子任相，庄子依旧垂钓濮水，持竿不顾，他只愿放逐天地，不受任何俗事的拘束。

读到“竹杖芒鞋轻胜马”就会想起《红楼梦》里宝钗点的一出戏，戏中一曲《寄生草》实在令人激赏不已。“漫揾英雄泪，相离处士家。谢慈悲，剃度在莲台下。没缘法，转眼分离乍。赤条条，来去无牵挂。那里讨，烟蓑雨笠卷单行？一任俺，芒鞋破钵随缘化！”

宝钗意味深长地念完，惊住了一旁的宝玉，令他连声叫好。而在场的看客，亦无不心神动摇，愿做那来去无牵挂的行者，不被尘事所困。这里手持竹杖，脚穿芒鞋的东坡居士，虽没有在莲台下剃度，没有赤条条，今生随缘化，却亦有一种在风雨中穿梭往来的无谓与超然，放下碌碌红尘，在万状云烟中，消遣平生意。

《红楼梦》中的贾宝玉听完这首《寄生草》之后，回去就写了一首偈语：“你证我证，心证意证，是无有证，斯可云证。无可云证，是立足境。”写完了，又附上一首《寄生草·解偈》：“无我原非你，从他不解伊。肆行无碍凭来去。茫茫，着甚悲愁喜；纷纷，说甚亲疏密。从前碌碌却因何？到如今，回头试想真无趣！”

这一切，似乎为将来宝玉远离尘寰，云里来去的结局埋了伏笔。而当黛玉读到宝玉的偈语时，在后面加了一句：“无立足境，是方干净。”可见黛玉是个有慧根的女子，她的意境更加清澈空灵。她看似一生不曾与佛结缘，但她的悟性、禅心，丝毫不输于宝钗，以及在栊翠庵修行的妙玉。

再后来，宝钗又讲述了六祖慧能参禅的故事，慧能禅师所吟诵的偈语“菩提本无树，明镜亦非台，本来无一物，何处惹尘埃”达到了佛家所说的万境皆空。无论是被封建礼教束缚的大家闺秀薛宝钗，还是追求心灵解脱，有着叛逆思想的贾宝玉和林黛玉，他们都有一颗禅心。所谓参禅悟道，其实就是一份心境，没有慈悲的含容，没有豁达的胸襟，没有沉静的思想，是无法端坐莲台，看悠悠沧海变化桑田的。一个人，处滔滔浊世，要做到自在圆融，实属不易。许多人都笑自己不能自如来去，感到惭愧，辜负平生。其实，像六祖慧能和庄子这样淡定超然的境界，是可遇不可求的。只要可以沾染一点慧能禅意的悟性和庄子淡泊的气息，也算是入境了。

我想着，我和苏子相隔已近千年，他是否也同我这般，时常捧着一本庄子的《南华经》，只是捧着，不读？是否同我一样，买上几册线装书，其实里面空无内容，而自己却无心将它填满？或者他是无意，而我却是胸中并无几多墨水。我总认为这样，就可以不依附文字，和他境界相通。其实我错了，东坡先生的人生意境是一册我无法识别的草书，短短几行，删繁就简，那般轻易抒尽平生。而我最多只是几行小楷，自以为可以学得几分清风的飘逸，却在淡淡的月晕下，闪闪摇摇。

一合上眼，就听风雨穿林打叶声，一个风骨俊逸的老者，竹杖芒鞋，在云烟中前行，从容淡定。片刻，风雨就停歇，山头斜阳已相迎。待回首，看来时处，也无风雨也无晴。这一句，将整首词升华，人生哲理暗藏其间。大自然晴雨转变，季节交替，太过寻常，而世间的风云变幻，荣辱得失又何足挂齿？当一切都看淡放下时，或许人生真的可以无喜无悲，成败两忘。无论苏轼是否做到了，至少他的思想已经超然到这样一个空间。这份透彻和淡泊，纵算没有改变自己的命运，也感化了万千世人的心境。

虽说万物往返交替，只有时间不死。可这世间，总还有什么不会轻易改变，比如那屹立不动的万古青山，比如那不可逆转的滔滔江河。又或许还有一段不曾说出口的诺言，因为没有道出，就可以永远静止，无须兑现。

我曾经把青春当作赌注，拿去和时间打了一场赌，到最后，时间如旧，而我血本无归。如今，我已没有足够的筹码，再去参与一次赌局，所以我的人生，也不会再有输赢。我的前世，也许是佛前的一朵清莲，因为没有耐住云台的寂寞，贪恋了一点凡尘的烟火，所以，才会有今生这一场红尘的游历。我这么多年行色匆匆，只换来一次短暂的回首。回首看来处，竟是也无风雨也无晴，也无前因也无果。

自古多情，总被无情恼

《蝶恋花》　苏轼

花褪残红青杏小。燕子飞时，绿水人家绕。

枝上柳绵吹又少，天涯何处无芳草！

墙里秋千墙外道。墙外行人，墙里佳人笑。

笑渐不闻声渐悄，多情却被无情恼。

盛夏时节，春光早已逝去，连一丝踪影也觅不见。连绵的青草，铺洒在天涯各处，郁郁葱葱。每当读起这首《蝶恋花》，脑中都会浮现出一幅清新动人的画，一位妙龄少女，豆蔻梢头，居住于江南古典庭院，在紫藤的秋千架上摇荡。

飘逸的长发，脱俗的容颜，流水的身段，于风中荡漾，白衣似雪，摇曳翩跹。她清脆的笑声，透过墙院，让墙外的行人多情地止步，几乎忘记自己是个过客。甚至想要轻叩门扉，窥探院内的春光和那倾城的佳人。

江南有柳，掩映满城的绿，青瓦白墙的庭院内，草木茵茵。一泊小小的湖，湖心漂着细碎的浮萍，还有伶仃的初荷。紫藤花下，一架秋千，总是迎风飘荡，安逸而恬淡。绝代有佳人，幽居在庭院，这院门似乎终年落锁，墙上爬满绿藤，积累了经年的时光。她妙龄年华，醉人风姿，无须轻妆，只是天然。

她每日摇荡在秋千架上，风情而潇洒，全然听不见墙外来来往往的跫音。她总是独自轻笑，却不知，那笑声已将墙外人惊扰。她累时，在亭内铺一张清香的草席，躺在上面，看风中飘扬的帐幔为她独舞。她不知，她虽不见任何生人，她的芳魂却越过墙院，迷醉了匆匆赶路的行人。那些自作多情的过客，被她的无情所伤，又是那样无能为力。

填惯了豪迈豁达之词的苏轼，也常有清丽婉约之作。这一首《蝶恋花》写得生动婉转，意趣盎然，有一种无可遮挡的活力和生趣。“花褪残红青杏小”，他起句伤春惜春，可刹那间就超脱这景象，笔锋一转，让人看到燕子飞舞，绿水人家绕。

柳絮风中飘飞，欲觉留春不住，可一句“天涯何处无芳草”让画面跳跃，仿佛眼前铺展了一片没有尽头的绿意。这就是东坡先生词风的魅力之处，姹紫嫣红的春光在赶往夏天的路上死亡，他没有一直感伤，而是从容地接受季节更替，看到更多苍翠美丽的风景。

绿水人家，高墙之内，有荡秋千的佳人，发出愉悦的笑声。那笑声，似黄鹂鸣叫，婉转清脆，让墙外的行人，不由自主地停下脚步。可只闻笑声，却觅不到佳人的芳踪。一堵院墙，挡住了万千风光，却挡不住佳人的锦绣芳年。

心灵的眼睛可以穿越院墙，看到佳人绝色的容颜，和她在秋千架上轻盈翩跹的姿态。可当他为这生动的情景而痴醉不已时，墙内的笑声却已经听不到了。佳人就这样抛下欢笑之声，飘然而去。那秋千，在风中空空摇荡，而墙外的行人，枉自多情，徒留一地叹息。

墙外的行人，亦想轻叩门扉，可终究没有勇气，害怕自己会唐突佳人，惊扰她的宁静。她根本就不知道，自己清朗的笑声，已经犯下了不可饶恕的错。她的错，就是她的笑声，注满了行人的想象，她是那般美若天仙，婀娜多姿。

她将行人倾倒，让他忘记，他只是一个平凡的过客。任何多情，都是自寻烦恼，只因墙院里的佳人无从知晓那折梅问柳的行人。纵算知道，想必她也只是浅淡一笑，不以为意，冷冷转身，甚至连背影都不肯留于他心头。

每读这首词，就会想起那几个影响苏轼一生的女人。他的结发之妻王弗，容貌美丽，知书达礼，夫妻二人情深意浓，恩爱有加。可是在一起生活了十一年后，王弗病逝，苏轼悲痛万分。他在埋葬王弗的山头，“手植青松三万栽”，以寄哀思。

更让人深刻难忘的，则是十年后，苏轼为亡妻写的那首千古第一悼亡词《江城子》。只一句“十年生死两茫茫”就催人泪下，让人看到一个满面尘霜的男子，在梦里与爱妻相逢，却握不到彼此的手。这首词，情真意切，被广为流传，让人无法遗忘。

他的第二个妻子王闰之，是王弗的堂妹，小他十一岁，生性温柔，崇拜他的才学。是这位女子陪伴苏轼度过了人生最重要的二十五年，漫长的二十五年，陪他一路风雨兼程，甘苦与共。因为就在这二十五年里，苏轼历经乌台诗案、黄州贬谪等许多次宦海沉浮，可谓尝尽风霜。

而他们就是这样相互携手，不离不弃地度过了二十五年，她为他生儿育女，无怨无悔。可二十五年后，王闰之又先苏轼而去，让他再一次痛断肝肠。他为她写祭文，说“惟有同穴”。苏轼死后，苏辙将其与王闰之合葬，实现了祭文中“惟有同穴”的愿望。

然而，还有一个女子，她的名字以及风采，烙刻在我记忆深处。王朝云，苏轼的侍妾，他的红颜知己。苏轼困顿之时，许多的侍妾纷纷离去，唯有朝云，一直相陪。苏轼被贬惠州，他们在惠州西湖留下许多动人的故事。苏轼填词，朝云弹唱，而其中这首《蝶恋花》朝云唱得最多，因为生动，合她心意。可每当朝云唱道“枝上柳绵吹又少”时，都会不胜伤悲，泪湿衣襟，她说她竟不能唱完“天涯何处无芳草”之句。

我在想，朝云是在伤春，还是在感叹？苏轼如此风流多情，是否在她离去之后，又会天涯海角觅知音？也许真的是宿命，这位小苏轼整整二十六岁的绝代红颜，竟然也先他而去。朝云逝后，苏轼终生不复听此词，并且一直鳏居。也许是垂暮之年的他，再也经不起任何生离死别了。苏轼将朝云葬于惠州西湖孤山南麓栖禅寺大圣塔下的松林之中，并在墓边筑“六如亭”以纪念，并撰写了一对楹联：“不合时宜，惟有朝云能识我；独弹古调，每逢暮雨倍思卿。”

佳人杳去，蜡炬成灰，自古多情，总被无情恼。可是，究竟是苏轼多情，还是这三位女子多情？这一切，似乎不重要了，因为他们曾经相处过，拥有过。好过那墙内佳人只给墙外行人留下缥缈难捉的笑声。其实，每个人都只是过客，没有谁可以陪伴谁走到人生的终点。

想起曾经为一幅画题文，有这么几句，印象深刻。

不必知道这是怎样的一种花，
又装饰过谁的秋千架，
只不过有人，
从早春的邻家，
折到自己的闲窗下。
以为可以，
挽住一段春的牵挂，

反瘦减了青青韶华，

春还在，

人已天涯……

是的，春还在，人已天涯。

且将新火试新茶，诗酒趁年华

《望江南》　苏轼

春未老，风细柳斜斜。

试上超然台上看，半壕春水一城花。烟雨暗千家。

寒食后，酒醒却咨嗟。

休对故人思故国，且将新火试新茶。诗酒趁年华。

一直以来，我都认为，人生有许多的巧合。一片云彩，一枚落叶，一阕清词，一首古曲，都会在不同时候，暗合自己的心境。或许，这就是所谓的缘分，缘来时当珍惜，缘去时也莫牵怀。

每当我读起苏轼的这首《望江南》，无论于何地，怀着怎样的心情，都可以瞬间入境。微风细雨的季节，行走在乌衣巷，湿润的石板路上，流淌着过往的醇香。巷陌里的人家，同往常一样，过着简单而宁静的生活。不知谁家，用寒食过后的新火，煮着谷雨前采的“雨前茶”，袅袅茶香，从半掩的窗扉飘出，熏染了一季的相逢。也不知是谁，将淡淡的春愁，挂在晾衣架上，希望过客装进行囊，带去天涯。

分明在烟火的俗世间，只闻茶香，又觉此中岁月，悠然忘尘。我喜欢这份洗尽尘埃的洁净，一句诗酒趁年华，有一种洒然于世的超脱。仿佛所有的失意与落寞，都是无端的辜负和蹉跎。人生浮沉，世事难测，当知得失随缘，闲淡由之。

在烟尘飞扬的世间，犹记明月清风。在颠沛流离的境遇，学会随遇而安。这就是苏轼的处世之道，于不合时宜的境况里依旧清醒旷达，不诉悲凉之音。他遭谪贬，被放逐，一生辗转流离，得意太少，失意太多。许多座城市都留下了他的足迹，留下了他的故事，也留下了他的诗词，更留下了他的离合悲喜。

他在黄州偏远的乡间，咀嚼几碟素菜，品味出“人间有味是清欢”的淡泊。他在惠州的陋室，隔帘听雨，享受“又得浮生一日凉”的意境。他在杭州西湖，看桃红柳绿，吟咏“淡妆浓抹总相宜”的清雅。他在密州的烟雨丛林，竹杖芒鞋，感悟“一蓑烟雨任平生”的况味。东坡居士的词句，蕴含大自然的钟灵毓秀，藏纳人生的世情百味，也渗透了释道儒的隽永深沉。没有姹紫嫣红，无须惊涛骇浪，苏轼就是这样，在他的云水生涯里，品出淡定与从容。

这是一个暮春的细雨天，风中杨柳依依，东坡居士独自登上超然台，看一江春水，满城花开，看烟雨中的万千人家。他的心穿越烟云雾海，在万象的苍茫中，体味一种物我两忘的超然明净。

这是个适合观雨品茶的季节，整座城，拥有青葱的华年。西厢养蚕，燕子筑巢，杏花疏落，牡丹初好。面对这份大自然的清新与洁净，又何必再去怀思故国？山水依旧，更迭的只是朝代，就像时光仍在，流逝的只是我们。关于命运的玄机，我们无须觉悟太早，也不可觉悟太迟，流年似水匆匆，却无论如何，都会给我们留下或深或浅的回忆。

忘记孤独，模糊悲喜，用青翠的季节之火，烹煮一壶碧绿的新茶，那芬芳，无须细品，沾唇即醉。在细雨的窗扉下，摊开一纸书笺，写下这样的诗行：

让我平静地看着你，
直到淡淡地老去。
这样一段明净的诗酒年华，
纵然坐到白发苍颜，
我都想要淡然地珍惜。
你带着唐时如意、宋时记忆，
还有明清烟雨，
循过长荷素淡的香迹，
才给了我今世真实的欢喜。
也曾梦回故里，也曾萍散萍聚，
到最后，我还是我，
你还是你。
如果有一天你将我无由地忘记，
我也不会忘了你。
只是不再寻觅，
守着一段温润的光阴，
我还是我自己……

是的，就是这样，诗酒趁年华。每个人，都是从一颗种子长成参天大树的。短短数十载的光阴，如果不曾用心去珍惜，年华就从身边悄悄流走。一盘棋，可以下到烂柯忘时，一壶茶，可以喝到人生老尽。许多人，走到生命的尽头，回首过往，只觉是南柯一梦，没有一个真实的记忆可以触摸。都说人生若只如初见，却不知，任何茫然的开始，都要自己写下最后的结局。从红颜到白发，就这样枉自蹉跎，韶华像是一种幻觉，依稀来过，又真的走远。

人生有缘弥可贵，岁月无期当自珍。如果现在，你正拥有最好的华年，当自珍惜，不要让它似流水，从时光的缝隙间仓促流失。不要让错过成为一生不可挽回的缺憾，不要枉读了“且将新火试新茶，诗酒趁年华”的词句。倘若，你已和年华擦肩而过，也请你，在岁月的年轮里，一点一滴地找寻丢失的回忆，重新拼凑起一本青春的诗集。

其实，一个人的心，真的很辽阔，纵然失去了方向，它也不会迷惘，并且永远都不会孤单。一路前行，即使没有鲜花和掌声，也要为自己喝彩。无人的时候，就将话语说给自己听，如果渴望被爱，未必要先爱上别人。因为，这世间，从来就不会给你一个公平的说法。

心的世界，本就是一片空虚，你想要用空虚去填补另一种空虚，注定会失去更多记忆。谁又能在一片惆怅的回忆里找到真实的自己？时光是镜，假如你不小心打碎，即使有一天可以破镜重圆，从前斑驳的影像，一片片伤痕，也会塞满无尽的空间。

来者已来，不可抗拒，去者已去，无法挽留。如今的年华，在新火里煮沸，和着诗酒，一起饮下。过去的年华，在散尽的流云里，已经无迹可寻。没有人可以让死去的昨天复活，却一定可以不让活着的今天死去。尽管明天并不遥远，可它毕竟是明天。

你以为自己走到了终点，却不知又陷进生命的另一场轮回。从此，那些发生过的故事，又要随着流年一同生长。看着光阴来去，你是否会真的以为还有一段年华，等着你去好好珍惜？那就假装忘记，假装从来都不曾失去。

水穷行到处，云起坐看时

《临江仙》　晁补之

谪宦江城无屋买，残僧野寺相依。

松间药臼竹间衣，水穷行到处，云起坐看时。

一个幽禽缘底事，苦来醉耳边啼？

月斜西院愈声悲。青山无限好，犹道不如归。

弯月下，打开一册关于宋朝的书卷，试图寻找一阕简洁的词，梳理我凌乱的流年。这枚新月，无论历经多少朝代更迭，都长不出沧桑的模样，我们所能看到的，只是圆和缺。时光仓促，让我们无处躲藏，只能从心底逃出，各自流落他乡。

今夜，我在无言的文字里，安静地寻找一片禅意的风景，一帘云水的幽梦。我知道，在光阴的廊檐下，有一朵青莲，正徐徐地舒展，等待着我，走过几程山水去采撷。佛说，万物的起灭，都是一个缘字。缘来时相依，缘去时相离，岁月就这样，在不经意的时候，爬满了每个人的双肩。

喜欢晁补之这首《临江仙》，也是因为缘，一份简单的缘。多么令人神往的无尘之境，一座古刹，一个老僧，一棵松，一竿竹，一池水，一溪云。在这里，只记得山头的月亮，忘记尘世的炊烟。在这里，愿意交付一切过往，让自己从此一无所有。芸芸众生，渺若尘埃，万千悲喜，终抵不过佛祖的拈花一笑。

然而，晁补之并不是一个淡泊世事，手持竹杖，在云中往来的高僧。他和所有的文人一样，也曾对功名孜孜追求，亦有济世之才，却拥有和所有落魄文人同样的宿命。所谓“文章憎命达”，自古文人大多逃不过命定的安排。他们在重复的故事里，演绎着同样的悲哀，潮起潮落，打捞到的只是一堆破简残卷。

晁补之出身北宋名门，文学世家。其高叔祖晁迥，宋真宗朝任翰林学士承旨、太子少傅。迥子晁宗悫官至参知政事，可谓名重一时。“晁氏自迥以来，家传文学，几于人人有集”。晁补之和苏轼有一段宿缘，故他的文风和品格都受苏轼影响极深。

他十七岁时，随父亲晁端友赴任杭州新城令，著《七述》一文，记述钱塘山水之风物秀丽。时任杭州通判的苏轼是其父亲好友，称赞此文时说“吾可以搁笔矣”，又赞他“于文无所不能，博辩俊伟，绝人远甚，将必显于世”。后来晁补之和苏轼再相逢，二人交往甚密，写下不少唱和之作。也从此，他与张耒、黄庭坚、秦观并称“苏门四学士”，和张耒并称“晁张”。

晁补之的官场生涯，可谓起伏坎坷，浮沉不定。“举进士，试开封及礼部别院，皆第一”，但因为朝廷的动荡，以及他生性清孤耿介，故屡遭贬谪，流离漂泊，生活上，也一直未能摆脱清贫的困扰。

晁补之居官京师的时候，恰逢苏轼任翰林学士，黄庭坚、张耒等俱供职于馆阁，他们诗酒酬唱，闲弄风月，度过人生最洒然闲逸的时光。只是欢乐太短，悲伤太长，他的一生，多是在沉浮的宦海上漂荡，频繁地更换客船，辗转天涯，不知归路在何方。他的诗词受苏轼影响，是啸傲风月，寄兴林泉，旷达超脱，高蹈世外。

这首《临江仙》是晁补之被贬监信州（今江西上饶）盐酒税时所作。此时的他，早已厌倦了官场的纷乱，疲于奔波，向往回归故里，做一个耕风钓月的闲人。他说“谪宦江城无屋买，残僧野寺相依”，偏远的信州，自然不及京师繁华，可也不至于荒凉到无屋可买。他内心深处，对这偏僻的小城，有诸多不满，宁可做个闲人，和年迈的老僧、陋小的古寺相依，也不想做这个让人感到屈辱的小官吏。

山林古刹，松针满地，苔深石凉，实为人间净土，适宜修行。“松间药臼竹间衣”，就是在这样宁静的深山小庙，于松荫竹林的掩映下，听到一声声捣药声，隐约看到飘逸的一角衣衫。这句诗，总是惹得人无限神往，只想和这位老僧在山间采药，于松下参禅，就这样，淡泊无心地度完漫长的人生岁月。

“水穷行到处，云起坐看时。”在山穷水尽之地，坐看云起，没有归路，就是最好的归程。在散淡的光阴里，听暮鼓晨钟，一方木鱼，一卷经书，一盏香油灯，再无纷扰。此句是化用了王维《终南别业》“行到水穷处，坐看云起时”之诗境。

文字巧妙的转变，也让意境有了更换。这里的水穷，是否暗喻他在官场上，已经走到了山穷水尽的境地？而云起，又是否意味着他早已冷眼相看翻云覆雨的朝廷？此中意境，似在山间品一壶清泉烹煮的云雾茶，妙不可言，韵味无穷。

词人原本想遁迹山林，和老僧为伴，白日荷锄采药，夜间品茗参禅，却不想，“一个幽禽缘底事，苦来醉耳边啼？月斜西院愈声悲”。这一句的描写，让词境瞬间有了很大的转折。以为山中岁月似烟云，一生恍然而过。这杜鹃鸟，究竟是为了何事，在耳边声声啼哭？月影西沉，啼叫声更加悲切。令他本已淡定超脱的心境，开始烦乱，苍凉之感顿然袭来。读到此处，有一种难言的悲哀，捣药声，流水声，木鱼声，转眼都换成了杜鹃的啼哭。

他只能无声地感叹：“青山无限好，犹道不如归。”是啊，这里的青山美好无限，令人流连，可杜鹃鸟，依旧啼叫：“不如归去……不如归去……”就如同李商隐有诗吟：“夕阳无限好，只是近黄昏。”晁补之是这般悲伤无奈，他想在山林听竹林松涛，看水观云，采药参禅。可此身寄于官场，虽是被贬的小官吏，却也做不到拂袖而去，久居山林，不与红尘往来。

词的上阕和下阕，意境不同，而这首《临江仙》，不失为高格绝俗之作。我当忽略杜鹃的啼叫声，在这端然无尘的云中之境，做一只展翅的小鸟，飞出世俗的囚笼。没有名字，只有一对轻薄的羽翼，在竹林云端轻盈地飞舞。度一程山水，和风声的过往，一一说别离。

也曾年少，误了秦楼约

《千秋岁引》　王安石

别馆寒砧，孤城画角，一派秋声入寥廓。
东归燕从海上去，南来雁向沙头落。楚台风，庾楼月，宛如昨。
无奈被些名利缚，无奈被他情担阁，可惜风流总闲却。
当初谩留华表语，而今误我秦楼约。梦阑时，酒醒后，思量著。

一个天涯过客，寄宿在驿站，于寒凉的秋夜，耳闻阵阵捣衣声。燕子东归，大雁南飞，只有他，久客异乡，不知何时，才能回归故里。也曾在清风明月下畅饮人生，高谈抱负，那些欢情和佳景，仿佛就在昨天，触手可及，却又缥缈难捉，萦绕在心中，一刻未尝忘怀。

这是一位仕途失意之人的羁旅情思，在遥远的宋朝，成了一幅冷隽岑寂的秋夜图。他被放逐在秋天的驿道，背上简单的行囊，已没有往昔功贵，只剩一点还割舍不下的回忆。在酒醉之时，梦醒之后，独自思量。

这个人叫王安石，北宋杰出的政治家、思想家、文学家、改革家，唐宋八大家之一。官至宰相，主张改革变法，被列宁誉为“中国十一世纪伟大的改革家”。提出了“天变不足畏，祖宗不足法，人言不足恤”的思想。这样一个伟人，不难想象，他的昨天，是怎样地荣光万丈！

有人说“不畏浮云遮望眼，只缘身在最高层”是王安石的写照，然而这也只是他思想上的境界，回到残酷的现实，再华美的梦，都会有被粉碎的一天。王安石变法失败，罢相退隐，往日的繁华，就在摘下乌纱帽的那一刻，一笔勾销。没有付诸东流的，是他一生在朝为官的显赫历程，还有那沉淀了他才学的《临川先生文集》。

王安石出生于江西临川一个仕宦之家，字介甫，号半山，世称临川先生。临川，也是汤显祖笔下《临川四梦》的临川。这个地方，至今被赞誉为“才子之乡”，因为王安石，因为汤显祖，还有曾巩、晏殊等风流才子、儒雅之士。

我与临川，亦有一段情结，因为它亦为我的故土。我菲薄的才情，虽不足为道，我却为生长在这片才气盎然的土地上，心存感恩。有幸去过王安石纪念馆，一睹这位杰出宰相的豪情与风采，在他的塑像前，洒一杯桂花酿，祭拜他的英灵。也有幸在汤显祖曾经惊梦的牡丹亭园，枕石酣睡，做了一场隔世的游园梦。走进临川，也许未必会成为才子，但一定能沾染到它才气与性灵。

这首《千秋岁引》的创作年代不详，从词调上推测，应当是王安石推行变法失败，罢相退居金陵后的作品。这样一位风云人物，想着兼济天下，又希望独善其身。当他将种种改革方案呈现在百官面前时，他的变法无疑触犯了那些大官僚的利益，使得不少皇亲国戚和保守的士大夫联合起来，极力地评判和反对。

孤立无援时，他就像远行的孤舟，迷失在苍茫的雾海，找不到停泊的港湾。我始终认为，处在政治的旋涡里，可以做到急流勇退，方不失为一个睿智果敢的人。王安石罢相退隐，一半是局势所迫，立身悬崖，无路可走；一半则为他身处迷雾，却心性澄明醒透，自知不能力挽狂澜，不如退一步海阔天空。

红尘梦醒自知归。归来时，一壶酒，一张琴，一把剑，做个闲隐高士，岂不快哉？才看过繁花谢幕，又闻秋夜捣衣声，才脱下锦绣官袍，身着粗布素衣，才离开豪宅府邸，又寄身天涯驿馆。人生就像一盘下得散乱的棋，还没有来得及斟酌过程，就被迫仓促地分出胜负。虽然开始有过预测，但面对突如其来的结局，难免有些慌乱，平静之后，依旧会生出寥落之感。

此时的王安石正处于由盛转衰，由成至败之境。他一生叱咤风云，所惊起的浪涛，又岂是一朝一夕能够平息的？纵是千年后，这场宋史风云依旧被世人津津乐道，关于王安石的千秋故事，依旧缓缓流传。所以他无法彻底地平静归隐，午夜梦回，他忘不了苦心经营多年的政策，忘不了故乡的明月，更忘不了曾经海誓山盟的红颜。

“无奈被些名利缚，无奈被他情担阁，可惜风流总闲却。”两个“无奈”，道尽了他不为人知的辛酸。回首一生，被名利困锁束缚，为了世情俗态，耽搁了本该娴雅自在的生活。只可惜，将风流韵事轻轻抛掷，到如今，想要回头，似乎为时已晚。

“当初谩留华表语，而今误我秦楼约。”这一句，道出了他真正的心声，当初许下的约誓，没有如期兑现，辜负了在秦楼苦苦等待他的红颜。无限怅然，有如李商隐的名句：此情可待成追忆，只是当时已惘然。

人的一生，似乎总是在错过后追悔，得到时又不肯好好珍惜。想起席慕蓉的诗："其实我们一直都在错过，错过昨日，又错过今朝。"那场秦楼之约，已成了今生未了的约定，梦里红颜，早已嫁作他人妇。

人生就像一场大梦，梦回酒醒，思量前程过往，自是心痛得无以复加。世情混浊，众人皆醉，也许只有经历沧桑之人，方能醒透。南柯一梦，只有从梦中醒来，才知是做了一场梦，而梦中的人，永远不会知道，醒来时要面临的，又会是怎样冷酷的现实。每个人，都被情爱牵系一生，那些被忽略的情，被搁浅的缘，其实没有真的离开。曾经功名显贵的王安石，到老的时候，怀念的，终究还是一段年少的风流情事。

也曾写下豪情慷慨的《桂枝香·金陵怀古》，其中，"千古凭高，对此漫嗟荣辱。六朝旧事如流水，但寒烟衰草凝绿。至今商女，时时犹唱，《后庭》遗曲"被赞为咏古绝唱。然而这首词凄丽柔婉，情真动人，抒发了功名误身，当及时退隐的悲凉慨叹。

江湖老去，山河不改当年。在一个寒凉的秋夜，我们似乎看到一个白发老者，在浅淡的月光下，找寻着他年轻时错过的情缘。只是，水复山重，流年已换，他还能赶赴那场曾经失期的秦楼之约吗？

第五卷◎流光容易把人抛

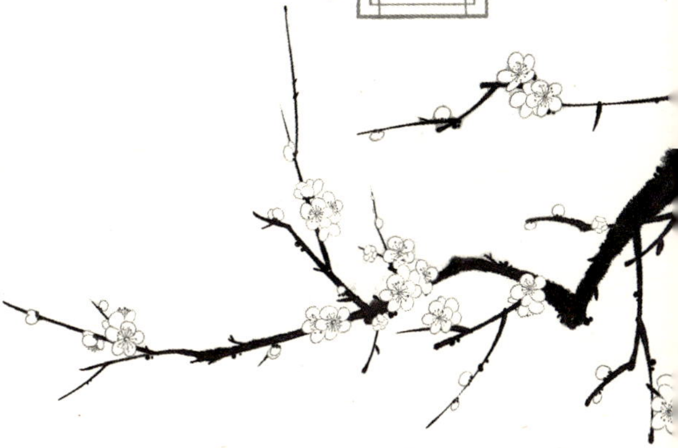

人间有味，有味是清欢

《浣溪沙》　苏轼

细雨斜风作晓寒，淡烟疏柳媚晴滩。入淮清洛渐漫漫。

雪沫乳花浮午盏，蓼茸蒿笋试春盘。人间有味是清欢。

夏日晨时，荷风清凉，独自去了江南古典园林。亭台楼阁，长廊曲径，雅致的窗扉下，几竿翠竹，几树芭蕉，还有一些不知名的小花，在微风中轻轻摇摆，撩动内心淡淡的情思。漫步于湖边的青石小径，湖面上舒展着绿色的荷叶，几支粉荷，不知在倾听谁的心事，那么安静又无声。

寺院里传来阵阵钟声，悠远缥缈，像是来自空谷山林的呼唤。我说过许多次，我不信佛，只是喜欢庙宇的空灵和宁静，喜欢那里的佛境禅晕。放生池中的那株睡莲，同往年一样，期待与我重逢。也曾有过一段约定，它说，菩提万境为佛而生，而它，只为我而生。在没落的红尘里，只为我百媚千红。而我也许诺于它，这一世，如果可以，我都交付于它。如若不能，下一世，我亦不会辜负它。

寺庙清凉一隅，有佛祖拈花微笑，吸引我的，则是那句词：人间有味是清欢。词的下面，讲述的是苏轼与禅佛的渊源和故事。这位大文豪，虽然一生历经无数次起落沉浮，但是豁达豪放的性情始终不改。他喜诗词书画，也爱酒肉禅茶。

品过了“且将新火试新茶”，再品“人间有味是清欢”，觉得人生最终的境界当属这句，在清欢中，从容幽静，自在安然。我始终相信，一个内心真正明净旷达的人，一个真正有宽大襟怀的人，无论是在逆境里行走，还是于乱世间徜徉，都可以让自己诗意地栖居，从容安稳。

当年的东坡居士，就是在一个细雨斜风、乍暖还寒的季节里，穿过淡烟晓雾，于一处山庄的农家里品尝清欢的。他于简洁的茅檐草舍，一壶清茶，几碟素菜，悟出人生的境界和禅意。

东坡的一生，一半江湖，一半山林；一半忙碌，一半闲逸。他喜欢翠竹杨枝，却也舍不下酒肉佳肴。他向往田园山林，又放不下仕途名利。可是这些并不矛盾，他可以让自己收放自如，在浓郁中追求清淡，于深沉中品出轻欢。

一个人，在烟尘滚滚的俗世中，品出清欢的况味，需要心灵的纯净与旷达。许多人被纷繁的世事消磨，已经没有闲暇，静下心抬头去看一朵白云的姿态，低眉去赏一朵山花的素美。纵然走近田园，也感受不到清风的凉意，雨丝的温润，听不到鸟儿的鸣叫，闻不到泥土的芬芳。终究还是离不开世故，品不出真正的清欢。

所谓清欢，是一种由繁到简、由浓到淡的过程。清欢，可以将一杯苦茶，品出淡泊的凉意，也可以将一杯白开水，喝成一种至雅的美丽。无论是为物所困，还是为情所扰，又或是被凡尘所累，都要学会放下，学会宽解。在萦回的生命中，只要找到心灵的方向，多少曲折的道路，都可以海阔天空，多少繁芜的过程，都可以风轻云淡。

真正的清欢，未必就是在深山老林里，盖一间茅舍，修篱种菜，每天清茶淡饭，无欲无求，而是处繁华世界，亦拥有平和的心态、淡定的情怀，懂得取舍，学会感恩。如此，便多一份淡雅，少一份浮华；多一份简约，少一份庸碌。清欢是一种人生境界，任何茫然寻找和苦苦追逐，都是徒劳。人与清欢，有着缘分，说不定有一天，你在一杯茶中，品出清欢，在一朵花中，悟出菩提。

是的，这就是清欢，带着淡淡的烟火，浅浅的禅意。东坡居士亦是在纷繁的物象中，寻到了心灵的宁静。他将人间的清欢，品出一种无言的味道，无言的美丽。他爱过的女子，一如素荷淡菊，那样清雅绝俗，不落尘埃。

走出寺庙，我想起曾经为这里写过的一段短句：这是一座千年古刹，你看那，曾经粉饰过的院墙，已褪去了淡淡铅华。只留下，梵音经呗，在寂寞空山，过尽烟霞。几多僧者，芒鞋竹杖，辗转无数天涯，再相逢，不知道又会在何处人家。真不如，静坐于莲台下，将禅心云水，煮成一壶闲茶。只可惜，翠竹还在，已不见，那年梅花。

将云水禅心，煮成一壶闲茶，每个人在茶中品出各自的清欢。所谓人间有味，有味是清欢。

满目空山远，怜取眼前人

《浣溪沙》　晏殊

一向年光有限身，等闲离别易销魂。酒筵歌席莫辞频。

满目山河空念远，落花风雨更伤春。不如怜取眼前人。

都说人生似一场虚幻的梦，然梦里梦外，都是真实的自己。每当看到夕阳沉没，看到草木凋零，看到依依送别的旅人，都感觉是一场戏的落幕，一段故事的结束。人世多少风景倏忽而过，唯有情爱深稳，经久不变。

此时想起晏殊词里的一句“不如怜取眼前人”，出自他的《浣溪沙》。轻吟一遍，心中的柔软就增添一分，仿佛所有虚妄的努力，茫然的追求，到最后都与心相违，都不过是为他人作嫁衣裳。不如珍惜可以把握住的光阴，怜惜眼前的人和事，只需要给一份寻常的偎依，这样就可以省略掉那些无由的风雨。

不如怜取眼前人，这样一句话，必定是一个过尽春风秋月，历经悲欢离合的人所生出的感悟。看过了人间冷暖，四季更迭，于岁月流转中患得患失。感叹生命易逝，年华易老，平静下来，便悟得这么一句：不如怜取眼前人。

这句词，带着一种感伤与无奈，亦暗示人生当及时行乐，活在当下，不可蹉跎至美光阴。好好珍惜可以把握住的机遇，怜惜一直陪伴在身边不离不弃的人，这就是幸福。做不到人淡如菊的从容，却可以守着安稳现世，简净度日。

这阕《浣溪沙》虽是伤春之作，又寄寓别离，却写得波澜不惊。情怀深刻，语言明净，别有韵味，没有一般伤春之词的哀怨浓愁，多一份温婉清淡。这也是晏殊的词风，他所著的《珠玉词》，没有长调慢词，全是小令。《宋史》说他“文章赡丽，应用不穷。尤工诗，闲雅有情思”。可见他的词格调清雅，富有风情，毫无雕琢，皆为即景而写。

晏殊的词集里，没有一首次韵之作，他填词只为抒发自己的真性情，似一曲弦音，随着意境而流淌。他的词，没有羁旅愁苦，也不见太多的儿女情长，纵是有悲戚伤怀之作，也是人生中共有的无奈。比如，年光的流逝，世事的无常，山河的变迁等，这一切，和每个人息息相关。他的名句“无可奈何花落去，似曾相识燕归来”所表达的则是对季节更迭的服从，对命运安排的妥协。

出生在临川“才子之乡”的晏殊，自小聪明好学，五岁能诗，有神童之美称。江南按抚张知白闻知，极力举荐进京。十四岁的晏殊入殿参加考试，脱颖而出，受到真宗的嘉赏，赐同进士出身。之后，平步青云，官居宰相，一生显贵平坦，纵有小的波折，也一笑而过。

《宋史》本传说：“自五代以来，天下学校废，兴学自殊始。”他惜才、好贤士，范仲淹、韩琦、孔道辅等都是他提拔推荐的。这样一个坦荡之人，自有豁达的心胸，不拘泥于狭隘的思想，不为俗物所纠缠。都说文如其人，一个人的文字，可以品出其心性和胸襟。但一个没有宽大襟怀的人，没有明净思想的人，也断然写不出清澈醒透的文字。只能在逼仄的文字窄巷里，走走停停，找不到出来的路。

他起笔感叹“一向年光有限身”，这么直接，于刹那间就撼人心魄。让我们明白，年光短暂，生命有限，看着似水光阴淙淙流淌，力量薄弱的你我，是这样无能为力。是的，春光就是这般易逝，盛年转眼就不见了，我们只能从容地迎合自然规律，因为任何抗拒都是徒劳。

他说，“等闲离别易销魂”。别离不过是人间最寻常的事，再深沉刻骨的故事，有着怎样曲折伤感的情节，终究是恍然而过，稍纵即逝。感叹是多余的，倒不如对酒当歌，自遣情怀。叶梦得《避暑录话》载，晏殊“惟喜宾客，未尝一日不宴饮，每有嘉客必留，留亦必以歌乐相佐”。从文字中可以看出，晏府里总是宾客如云，晏殊是洒脱之人，他懂得及时行乐，聊慰有限之身。

然而人生没有不散之筵席，虽说散了会聚，聚了会散，却总是无端地尝尽悲喜。记得《红楼梦》里说宝玉多情，喜聚不喜散，而黛玉无情，喜散不喜聚，缘由是聚时欢喜，散后冷清，莫如不聚不散。然而，黛玉又是否真的是无情之人？她应该比宝玉更深情，因为她深知花木荣枯有定，人生聚散无常，在不能改变的时候，莫如持一份淡定在心里。

每个人对待人生的方式和态度不同，清淡之人，自怀清淡之心。林黛玉寄人篱下，有难言的凄苦，不敢对幸福有太多的奢望。晏殊一生显贵，他有足够挥霍的资本，他的人生，不需要为谁负累，只为自己而活，活得纯粹，活得洒脱而自在。

筵席散了，一种繁华后的寂寞，顿袭心头。“满目山河空念远，落花风雨更伤春。”若此时登楼，放眼辽阔的山河，徒然地怀思远去的故人。若是独处于窗下，看院内繁花疏落，反添了伤春之感。莫如怜惜眼前的人，这眼前的人，说的是一直陪伴他左右的人，也许是歌女，也许是亲人，也代表他所拥有的一切，财富、机遇、旖旎而安稳的日子。这些抓得住的真实的生活，需要用心呵护，好自珍惜。

“不如怜取眼前人”，这一句取自唐代传奇，元稹撰的《会真记》，又称《莺莺传》。崔莺莺写给张生的诗写道：“弃掷今何在，当时且自亲。还将旧来意，怜取眼前人。”这在后来元代王实甫的《西厢记》里也出现过。晏殊结句处，用这句诗即转即收，可谓精致巧妙。

有些事，看似简单，却有许多人耗尽一生都悟不透它的真意。明明已经拥有了人生最平淡、最素朴的幸福，却不知珍惜。

总希望将自己抛掷到滚滚红尘，于浪涛里去打捞那些虚幻而华丽的梦。为难以企及的名利，为不可获得的爱情，为华而不实的荣耀，付出惨痛的代价。却辜负了一生默默相随的人。

幸福在哪儿？幸福也许就在当下，在一草一木间，在一茶一饭中，在一叶一尘里。流光易换，云烟消散。应记取：满目山河空念远，不如怜取眼前人。

一株梅花，寂寞开无主

《卜算子·咏梅》　陆游

驿外断桥边，寂寞开无主。已是黄昏独自愁，更著风和雨。

无意苦争春，一任群芳妒。零落成泥碾作尘，只有香如故。

我曾说过，每个人的前世都是一株植物，或者说今生总有一株植物和自己结缘。“采菊东篱下，悠然见南山”的陶渊明，似南山的秋菊，孤标傲世，还有“出淤泥而不染，濯清涟而不妖”的周敦颐，若池中的静莲，素洁淡雅。而陆游则以梅花自喻，他是驿外断桥边的寒梅，清幽绝俗。仿佛只有寻找一种适合表达自己性灵和情怀的植物，才不会被尘世的茫茫风烟所隐没。

陆游自喻为梅，但不是长在显赫门庭的梅，亦不是开在名园高院的梅，而是长于荒野驿外的寒梅，孤独地经历岁月更迭，四季轮回。那一树野梅，开了又落，落了又开，无人欣赏，备受冷落。

那么多路人打身边匆匆走过，从来没有谁，肯为它驻足。纵算是被它怒放的花枝和冷艳的幽香吸引，亦只是随意折取一枝，或寄于故人，或带至家中，用来装点花瓶，又或许转瞬就丢在了路边。而梅花依旧是驿外边的梅花，依旧开得寂寞，开得无主。

陆游借冷落梅花，写出自身在官场备受排挤的遭遇。陆游一生的政治生涯极为坎坷，早年赴临安应试进士，取得第一，为秦桧所妒，竟被除名；孝宗时又为龙大渊、曾觌等一群小人所排挤；在四川王炎幕府时要经略中原，又见扼于统治集团，不得遂其志；晚年赞成韩侂胄北伐，结果韩侂胄失败后被诬陷。

宦海沉浮，让这位失意英雄感叹其身宛若这一树野外的寒梅，有一种四顾茫然的落寞与荒凉。又暗喻了他似梅花这般不慕繁华，傲世高洁的品格。性情孤高的陆游，绝不会争宠邀媚，曲意逢迎，只坚贞自守这副峻嶒傲骨。他宁可做一朵开在驿外断桥边的野梅，也不做生长在高墙深院的梅花，被凡尘束缚，失了雅洁和灵逸，丢了孤冷与安宁。

词的上阕写野外的寒梅，寂寞开无主，孑然一身，没有人为它留驻，它也无须被人牵怀。“已是黄昏独自愁，更著风和雨。”多少个寂寥黄昏，它独自忍受愁苦，更有无情风雨，偏偏这时来袭，让它陷入寒冷的困境。但它不畏严寒，在凄风苦雨中，傲然绽放，誓与红尘抗争到底。

在这里，一个“愁”字，将梅花的神韵渲染，仿佛让我们看到那素洁的花蕾上，萦绕着如烟的轻愁。“更著”二字，加重了环境的艰苦，但梅花坚定的意志，没有被风雨粉碎，依旧在冷峻中傲放，铮铮铁骨，令人敬畏。读到此，禁不住想问，这就是陆游在官场所处的环境吗？他如同一枝高洁的梅花，不为浮名所累，有着敢与权势抵抗的傲气和风骨。

这枝寒梅，“无意苦争春，一任群芳妒”。春天本是万紫千红的季节，百花争妍，蜂飞蝶舞，在气候的锣鼓声中，你方唱罢我登场。唯独梅花，无意争春，凌寒先发，只将春来报。它就是这样，敢于在雪中怒放，玉骨冰肌，令百花失颜。梅花本无意相争，却惹得百花相妒，妒她鲜妍的朵，妒她清瘦的骨，妒她幽冷的香。梅花无心计较这些，她一如既往，在属于自己的季节绽放，开落随缘，与人无涉。

草木不言，不解悲喜，不懂烦忧，却又比人长情。陆游卓然傲骨，难免被那些苟且偷安的小人妒忌，然而他似冷傲的梅花，洁身自好，处浊世，依旧洁净如初。浩荡红尘，看似怡红快绿，实则不过是一口污浊的染缸，任何人在里面，都不可能做到彻底洁净。但心存淡定，即便红尘如泥，亦可以独自清醒。

是的，“零落成泥碾作尘，只有香如故”。花开花落自有时，无论寒梅如何在雪中傲放，都要遵循自然规律，听命于季节流转。在她行将凋零之时，又被狂风骤雨摧残，就这样纷纷飘落，碾作尘土。可纵算化作尘泥，那冷香幽韵，也依旧如故。这就是梅花的命运，她不怕寂寞无主，不惧风雨相欺，不屑百花相妒，就连碾作尘泥，也要做最骄傲的自己。这也是陆游的命运，他不屈于现实的威逼，寂寞本真地活着。

他这一生，写下了近万首诗词，以爱国题材为主，故被称作爱国诗人。风格雄奇奔放，沉郁悲壮，在思想和艺术上取得卓越成就，有着遮掩不住的万丈光芒，生前有“小李白”之称。他在晚年虽然退隐江湖，做了几十载闲逸的陆放翁，但他的爱国之情不减当年。在他死前，曾作《示儿》七言绝句："死去元知万事空，但悲不见九州同。王师北定中原日，家祭无忘告乃翁。"一片赤诚之心，犹如梅花，至死不渝。

这一生，还有一段刻骨铭心的爱情，是陆游到死都没能放下的。他和表妹唐婉有过一段倾城之恋，却被其母狠心拆散，铸就了两个人一世的悲剧。本没有做出什么惊世骇俗的事，只错在太过恩爱，太过情深。所谓情深不寿，强极则辱，他们就为这莫名的缘由，劳燕分飞。多年后的沈园重逢，让彼此更深切地怀念前缘旧梦，让陆游写下千古绝唱《钗头凤》。

果真是情深不寿，归去后的唐婉不消一个秋天，就忧郁而死。留下孤单的陆游，在寂寞的尘世怅叹一生，追忆一生。在唐琬逝去四十年的时候，陆游重游故园，挥笔和泪作《沈园》诗：

（其一）

城上斜阳画角哀，沈园非复旧池台。

伤心桥下春波绿，曾是惊鸿照影来。

（其二）

梦断香消四十年，沈园柳老不飞绵。

此身行作稽山土，犹吊遗踪一泫然！

到八十一岁时，这位沧桑孤寂的老人，拄着竹杖，梦回沈园，写下：“城南小陌又逢春，只见梅花不见人。”直到离世前一年，陆游再度重游沈园，怀念唐婉，此情至死，感人肺腑。那个女子，以最美的容颜，永远留在沈园，让过往行人，寻寻觅觅。

陆游以梅花自喻，然而城南小陌的那株梅花，难道不是他情系一生的唐婉吗？她心如日月，情比金坚，似一朵高洁的白梅，为情而落。这朵白梅，就落在陆游的心里，从此，不再寂寞开无主，不再黄昏独自愁。就这样，为了一段情缘，一句承诺，他活到白发苍苍，只为守护那株清冷冰洁的梅花。

风不定，人初静，明日落红应满径

《天仙子》　张先

《水调》数声持酒听，午醉醒来愁未醒。
送春春去几时回？
临晚镜，伤流景，往事后期空记省。

沙上并禽池上瞑，云破月来花弄影。
重重帘幕密遮灯，风不定，人初静，明日落红应满径。

“风不定，人初静，明日落红应满径。”每当吟咏起这句词，脑中皆会浮现出那样一幅画：在烟雨江南，春深迟暮，微风拂过，满径的落红，美得让人神伤。沉醉在这样凄绝的画境中，仿佛连惆怅都是诗意的。

我曾经用自制书笺，临写过这阕词，清秀的小楷，纸端上仿佛铺满了落英。带着江南的温丽，江南的柔美，以及那些悄悄更换的华年。就像《葬心》里的唱词：“林花儿谢了，连心也埋，他日春燕归来，身何在……”尽管伤情，那满地落红，触目惊心。

我本多情，总会被一些微小的感动不经意地打湿双眼。穿过词意，想要去寻觅那个填词之人，静观他挥笔时的情景，期待在某座古老的深深的庭院，与君相逢。我所做的，只是守着一窗的朦胧月色，等待着明日晨起时，看窗外那满径的落红。那点点落红，有一个名字，叫相思。

后来才知道，写词的人叫张先，北宋词人，词与柳永齐名，擅长小令，亦作慢词。其词含蓄工巧，情韵浓郁。想来，作这首《天仙子》的词人，当是个失意孤独的老者。一个人，一壶老酒，在春深的午后独饮，酩酊时睡去，醒来已近黄昏，闲愁却不曾消减，依旧萦绕于心头。他无助地看着春光流逝，却没把握断言，春光几时能回。临着镜子，看两鬓又添几许华发，只伤叹似水流年，从来不肯为谁有片刻的停留。只余下历历往事，让人空自怀想。

夜幕悠悠来临，他见沙汀上水禽成双并眠，而他只是形单影只。本该有月，却云满夜空，好在风起，云开月出，就连花也被拂动，在月光下映衬出婆娑的倩影。这一句“云破月来花弄影”，到后来成了千古传诵的名句。他自举平生得意之三词：“云破月来花弄影”（语出《天仙子》），“娇柔懒起，帘压卷花影”（语出《归朝欢》），“柳径无人，堕风絮无影”（语出《剪牡丹》），故又被世称为‘张三影’。

我偏生喜爱这句“明日落红应满径”，仿佛所有的情怀，与春天相关的美丽，都将在满径的落英上找到生命的主题。史上说，张先写的词，题材大多为男欢女爱，相思离别，或反映封建士大夫的闲适生活。

他的词，也许不大气厚重，却清新婉约，生动凝练。他的一生，虽不是平步青云，却也没有经历多少起落：中了进士，当了官，平稳度日，安享富贵，诗酒风流。《石林诗话》记载他，“能诗及乐府，至老不衰”。

好友苏轼赠诗“诗人老去莺莺在，公子归来燕燕忙”，这亦是他的生活写照，一位倜傥风流的才子，身边又怎么会缺少红颜佳丽。据说张先在八十岁时还娶了一个十八岁的女子为妾，他们之间是否会有爱情，不得而知。又或许，他要的，只是一个为他红袖添香的妙龄女子，摆放于高墙深院，成为一道赏心悦目的风景。

而苏轼又为此事赋诗一首：十八新娘八十郎，苍苍白发对红妆。鸳鸯被里成双夜，一树梨花压海棠。一树梨花压海棠，原来是出自此，着实让我惊讶。所以说，诗词只能表达当时的心境，不是生活的全部。

人生在世，无论身处繁华，还是置身逆境，都会有低落之时。有时，在万千的人流中，还会生出难以名状的落寞之感。更何况，文人骨子里本就充满了柔情与伤感。见花垂泪，望月悲怀，这一切，似乎只为了交换一种无言的意境。

岁月流去无痕，年华却掷地有声。张先写这首词的时候，五十二岁，盛年已过，已到了知天命的年岁。一个人，在任何时候，都无法卜算自己的命运，也参不透宿命的玄机。这时的他，伤春叹流年，却不知自己福寿安康。他说水禽成双，感叹自己孤独，殊不知，自己在八十岁，还有小妾相陪，执手相伴。事实上，五十岁之龄的张先，仕途坦荡，身边定然是妻妾成群，又何来形单影只。

他寂寞的是心，是春日闲愁难消，是浊酒难尽余欢。也许是太热闹，被美人环绕，欢乐之后，反觉得寂寞蚀骨。试想一个人在暮春的别院，借酒浇愁，独自回忆过往，春光已渐行渐远。也许他真的是孤独了，和某个相爱的女子，有了感伤的别离。又或许他太累，想要短暂地歇息，待醒后，依旧打马江南，诗书风流。

人生的缘分，有如一盏清茶，瞬间就由暖转凉，由浓到淡。你细细品味，那萦绕在唇齿间的淡淡芬芳，仿佛在低语缘起的从前。灯火楼台，看似妻妾众多，环佩叮当，却亦要遭受无数聚散。

因缘有定，无论多么相爱，终不能偕老。就像春辰，多少人都希望在此间徜徉，留住姹紫嫣红的美好。以为这样，年华也会忘记更换，相爱的人，就可以携手，不用分离。但季节流转，人世迁徙，我们无法改变结局，亦要随遇而安。

总会有一种单纯的绿意，可以取代花的颜色。那些人面桃花的相逢，被封存在记忆的书中，在无事时，闲翻几页，闻着淡淡的墨香，细细咀嚼，又是另一番滋味。如果说花开是一种温暖的幸福，那么花落应该是一种惆怅的感动。

既知春去会有春回，又何必执着于虚妄的等待？既知流年逝去不能往返，又何必只抓住往事那一小段残缺的影子，而辜负以后那一大段美好的时光？人与人之间，有时隔着一段距离，反添朦胧的美丽。纵算有一天，不经意成了陌路，也不会有太多的伤感。

窗外的雨，一直在下，它知人心意，懂得衬情应景。我读张先的词，闻到他壶中老酒浓郁的芳香，那是他用落英酿制的美酒，饮下去，便留住了整个春天。

春在哪里，春已远去，一如我的韶华，被留在那座叫过往的城里，不复重来。可我相信，始终相信，雨过之后，明日落红应满径……

流光容易把人抛，红了樱桃，绿了芭蕉

《一剪梅·舟过吴江》　蒋捷

一片春愁待酒浇。江上舟摇，楼上帘招。
秋娘渡与泰娘桥，风又飘飘，雨又潇潇。
何日归家洗客袍？银字笙调，心字香烧。
流光容易把人抛，红了樱桃，绿了芭蕉。

喜欢这一句“流光容易把人抛”是很多年前的事了。那时候，豆蔻年华，只觉岁月青葱，我的人生还有一大段的光阴，足够去消耗虚度。总说，多希望可以在瞬间老去，那样就可以免去浮华的过程，省略许多酸楚的片段。一夜之间，从青丝到白发，竟成了一个少女单纯的向往。

时光泛滥成灾，却又稍纵即逝，能留住的美好，那么微不足道。我喜欢在夜深时，推窗望月，或隔帘听雨，吟咏这一句“流光容易把人抛，红了樱桃，绿了芭蕉”。直到后来，方知我喜爱的只是词中意境，却不明白那些隐藏于词句背后的怅然与寥落。

当我深刻体味之时，流光已将我抛远，那些被蹉跎、被辜负的华年，早已了无痕迹。我所能做的，只是守着故园的风景，庭院的草木，多情地追忆，寂寞地怀想。期待着在这乱世红尘，还会有一场美丽的相逢，不负刻骨的爱恋。

后来又读《牡丹亭》，其中写道：“原来姹紫嫣红开遍，似这般都付与断井颓垣。良辰美景奈何天，赏心乐事谁家院！恁般景致，……朝飞暮卷，云霞翠轩；雨丝风片，烟波画船——锦屏人忒看的这韶光贱。”

这才恍然，韶光真是轻贱，曼妙的春色将人诱惑，待你将年华交付，光阴又似云烟过隙。只一个华丽的转身，青春已经抛得甚远。多少人，就是这样感叹似水流年，漫不经心地走过一个又一个春天。每个人都想努力地抓住逝去的时光，却总是忽略了原来还有许多未知的光阴，供自己慢慢地度过。

这首《一剪梅》的作者蒋捷，为宋末元初江苏宜兴人，咸淳十年（1274年）进士。南宋亡，他深怀亡国之痛，隐居不仕，人称“竹山先生”“樱桃进士”。而他的“樱桃进士”之称正是因为这首词得来。

词的起句，就写到浓郁的春愁只待酒浇，此时的他，是一个天涯羁客，思归之情难以抑制。一叶孤舟，于吴江上缓缓漂荡，远远近近的酒旗，在风中招摇。真想停舟柳岸，坐于酒铺，来几坛陈年佳酿，一醉贪欢。也许那样，就可以忘记自己身为过客的惆怅，忘记春光牵引出的无限愁烦。

其实，吴江离他的故里宜兴并不远，只需轻舟太湖，便能归家。想他一定被尘事所缚，碌碌难脱，看着近在咫尺的故园，却胜似天涯。舟在江心流转，驶过秋娘渡，又越过泰娘桥，不曾有半刻停留。他始终离不开那艘客船，只能伫立于船畔，看江南的风雨潇潇。

人生就是一场远行，只有越过无数逆境，方可海阔天空。在这个过程里，难免会失意，会被浪潮打湿衣襟。蒋捷登上了他人生的客船，他厌倦了漂泊，只想归乡，做个淡泊的隐士闲人，过上一卷书，一壶茶的安逸生活。

其实，每个人的一生，一直在行走，一直在路上，又何曾有过停歇？古人云“树欲静而风不止”便是如此。心动则万物动，人于世间，谁又能做到心如止水，无伤无恙？

所以，他无法停止不去梦想，梦着有一天归家，年轻貌美的妻子为他洗净客袍。而他换上宽袖大衣，依旧俊朗，神采翩然。他调弄着有银字的笙，点燃心字形的熏香，又或是煮上一壶老酒，几碟小菜，对着朗月清风，斟饮一番。美景良辰，佳人做伴，多么惬意雅致，动人心弦。

洗去行客的风尘，只有家，才是此生最后的归宿。无论你曾经有过多少离合，有过几多幻灭，或是误入迷途，犯下了过错，总有那么一个地方，可以寄存你的灵魂，让你安稳栖息，不离不舍。

写到这，不禁又想起《大明宫词》里那段皮影戏。那么生动美妙的场景，时刻在梦里萦回。一位年轻的女子，提着竹篮，被明媚的春光、悠悠碧水搅得柔情荡漾。

她说：“为什么春天每年都如期而至，而我远行的丈夫却年年不见音信……”这样的语气，怀着淡淡的哀怨与无限的渴望，只有杨柳飞花，听她细诉衷肠。而那位远行的丈夫，离家去国，整整三年，只为了梦里金碧辉煌的长安，为了满足一个男儿宏伟的心愿。如今终于衣锦还乡，打马归来，又遇上故里的春天。江南依旧桃红柳绿，青山如黛，什么都没有改变，他不知道新婚一夜就离别的妻子，是否依旧红颜。

后来他们就在那宽阔的道路上相遇，野花和绿草见证他们久别之后的重逢。仿佛任何时候，这个画面对我都是一种诱惑，令我心旌摇曳，难以自持。与其说被那姹紫嫣红的春色诱惑，莫如说为那一场相逢而感动。

蒋捷不是那骑在马上的英俊将军，他只是一位登上客船的天涯旅人。他尚不能衣锦还乡，面对山河破碎，故国沦陷，纵是可以将浮名抛却，也无法不感怀哀恸。可是他梦里的心愿，和他们是一样美好，一样春光荡漾，只是多了些朦胧的烟雨。

他的妻子也许不再年轻貌美，只是一个平凡的老妪，可就是这样一个女子，可以安抚他漂泊的心。为他风雨等候，为他洗净客袍，为他平淡生养。然而，这一切，与爱情无关，是举案齐眉的尊重，是相濡以沫的温情。他们也许不能携手天涯，可是即便隔了万水千山，也不离不舍。

他终叹“流光容易把人抛，红了樱桃，绿了芭蕉”。是的，流年易逝，转眼春光已过去一半，樱桃红了，芭蕉已绿。而他还在奔向远方的过程中，不知归程，不知归期。时光仓促，已经不容许他再去虚度，仿佛转瞬间，他就被流光抛掷。

其实这世间，没有谁敢和光阴下注，因为，这将会是一场必败的赌局，任何人，都做不了那个赢者。直到那一天，你我已是秋水苍颜，不复往日，而时光不老，依旧翠绿如初。

既然身在远方，那就不要问归途，因为，任何行程，都会有尽头。韶光更替，四季流转，只需走过一个轮回，就可以策马归来。那时候，横斜的梅枝已探过墙院，为你捎来春的身影，以及故人的消息。

荼蘼谢了，春还在

《小重山》　吴淑姬

谢了荼蘼春事休。无多花片子，缀枝头。
庭槐影碎被风揉，莺虽老，声尚带娇羞。
独自倚妆楼。一川烟草浪，衬云浮。
不如归去下帘钩。心儿小，难著许多愁。

夏日午后，有些烦闷，我枕一本宋词而眠，屋内弥漫着睡莲淡淡的幽香，以及浅浅的墨香。恍惚入梦，似听一个声音在说：一个人，只要在心里种植安静，那么任谁也无法惊扰这份清凉。手倦抛书午梦长，梦里，我是那么安稳，有足够的时间，自我放逐。

只觉满目春光，烟草柳浪，有青石小径，亦有小院楼台。远处的渡口，有依依送别的情人，近处的亭台，有相偎相依的眷侣。院内飞花如梦，探墙的青藤，招引着行人为它止步。有独倚妆楼的女子，低低说道：谢了荼蘼春事休，我还有时间，我不惧辜负。

醒来意兴阑珊，才知是南柯一梦。千百年来，没有谁可以诠释，沉睡之后，思想到底做了一场怎样放纵的遨游。梦里花好月圆，现实难遂人意，许多时候，面对人生，我们总是这样力不从心。

韶光在左，我在右，这中间，隔了一道苦乐的界线，才会一半是清醒，一半是模糊。我以为到了和韶华诀别的年龄，可总还有一些难忘的故事欲断未断。就像那枝头欲坠的春梅，像那没有西沉的冷月，在最后的时刻，终究还是不忍释手。

我想起梦里那女子说的，谢了荼蘼春事休，这是一首叫《小重山》的词里的词句，是宋时一个叫吴淑姬的才女所写。关于吴淑姬，历史上记载了两个人物，一个为北宋，一个为南宋，一个是山西汾阴人氏，一个是浙江湖州人氏。她们皆为才女，只是命运不同，人生历程不同。

而这首《小重山》究竟为谁人所写，似乎并不重要，只当作一样情怀，两瓣心香。这世间，本就有许多巧合，有时候，偶然会比必然更奇妙，无意会比有意更惊心。我喜欢给真相蒙上一层烟雾，喜欢那份隐藏在岁月深处的美感。任何时候，追根问底都是一种残忍的伤害。

翻到了这一页，只读上阕："谢了荼蘼春事休。无多花片子，缀枝头。庭槐影碎被风揉，莺虽老，声尚带娇羞。"仿佛在瞬间，就明白了词人的感慨，她说荼蘼花谢，遍地春远。可还有一些花片子，缀在枝头，不肯纷纷下落。她说莺虽老，声尚带娇羞。这一切，隐喻着一个思妇对自身年华的感叹，以为红颜老去，谁知青春还在！

我曾说过，我宁愿静坐一夜，坐到白发苍苍，也不要经历那些烦琐的过程。可在稍纵即逝的年月里，我们又会胆怯，会被仓促的流年催得措手不及。人就是这样一个矛盾体，在完美中追求残缺，于懦弱中寻找坚强，又在深刻里重遇简单。一切当顺应自然，倘若执意要去更改过程，必定又会风云再起。

记起席慕蓉的一首诗，叫《渡口》。"让我与你握别/再轻轻抽出我的手/华年从此停顿/热泪在心中汇成河流……渡口旁找不到一朵可以相送的花/就把祝福别在襟上吧/而明日/明日又隔天涯。”

后来，这首诗被蔡琴用低沉又深情的音调缓缓地吟唱，让人仿佛看到和韶华作别时，那一步三回首的依恋和不舍。在离别的渡口，可以做到决绝的人，实在不多。除非彼岸有更生动的风景，让你有足够勇气抛下一切，毅然奔赴。

不禁想起那些匆匆赶往死亡的人，那些纵身山崖、一剑封喉、吞咽毒药的人，是因为现世的绝望，让他们生无可恋，还是渴望来世的重生，让他们执意挥手转身？在深浅难测的岁月里行走，无须策马扬尘，也不可悄然止步，恬淡的心境，自可云淡风轻。

她一番感慨后，便独倚妆楼，思远怀人了。只希望可以在青春逝去之前，和爱人相见，看着满院荼蘼，听燕语莺啭。哪怕只拽住春天的影子，也好过茫然地立于风中，等候又一年的流转。烟草连天，白云似雪浪翻滚，苍茫的天地间，哪里还有归舟可见？高楼望断，终究是一场空芜的等待。

愁绪似烟草白云一起涌来，纵算放下帘幕，也隔不断，挡不住，她纤柔的心，又如何装得下这如许的愁怀？李清照有写闲愁的名句：“只恐双溪舴艋舟，载不动许多愁。”看来自古闲愁都一样，沉重地压在每个人的心里，难以排遣。可当如意之时，愁绪又轻似薄烟，一吹即散。

书上记载两个吴淑姬有着不同的命运，汾阴的吴淑姬自小由父母做主，许给一个秀才。在将嫁之时，一次梳妆，玉簪坠地而折。不久后，秀才就死了，其父劝她另嫁他人，她不依，发誓道：除非断了的玉簪再合，否则绝不改嫁。可几年后，吴淑姬读到一个叫杨子治的人写的诗，生出爱慕之情，又因自己有誓在先，不便跟父亲启齿。

后来，她偶然发现，盒子里断了的玉簪竟合在了一起，于是一段美好的姻缘因此成就。那断簪是如何再合的，我们不得而知，究竟是谁帮她换了新的，还是她自己偷换了，我们无须在意。这般聪慧多情的女子，本就该拥有尘世间温暖的幸福。

而湖州的吴淑姬，命运似乎坎坷了些。她父亲是一位满腹诗书的秀才，可惜生不逢时，落魄潦倒。吴淑姬因才貌双全，被一位富家子弟看中而买去。岂料这富家子弟乃轻薄之人，吴淑姬不甘过屈辱的生活，几度逃跑，受尽折磨。后被夫家送去官府究治，诬她妇节不贞。

幸遇为官清正的王龟龄为湖州太守，吴淑姬将自己的冤屈写成一首词，为《长相思》："烟霏霏，雪霏霏，雪向梅花枝上堆，春从何处回？醉眼开，睡眼开，疏影横斜安在哉？从教塞管催。"她要太守相信，她如梅花般冰洁，会迎雪怒放，冷傲绝俗。这首情真意切的词感动了太守，她得以无罪开释。

我用简单的文字，写下她们一生的故事，也并非想知道这首《小重山》究竟为何人所作。任何猜测都是徒劳，过往的光阴，寂静无声。不过是一阕辞章，一段愁绪，以及远在宋朝那一场谢了的花事，再无其他。

千古人事相同，我们都逃不过韶光的流转，躲不过命定的情缘。走在人生花开的陌上，我们可以伤感，但不要沉沦；我们可以辜负，但不要错过。

茅檐低小，溪上青青草

《清平乐·村居》 辛弃疾

茅檐低小，溪上青青草。醉里吴音相媚好，白发谁家翁媪？
大儿锄豆溪东，中儿正织鸡笼。最喜小儿无赖，溪头卧剥莲蓬。

在这个物欲纷扰的红尘，似乎许多人都想要放下一切世俗的负累，做一个简单的人，清淡自持。向往一种返璞归真的生活，和青山碧水为伴，与明月清风为邻。故此，他们期盼远离尘嚣，去探访遥远的古村山寨，寻找人间最后的一方净土。唯有这样，才可以缓解内心的压力，暂忘俗尘的琐事。

可是要彻底抛开一切，放下繁华市井，住进世外桃源，淡饭粗茶，又有几人能做到？所谓人生无处不红尘，每个人在自己的心里修一座桃源，疲累之时，邀三五知己，煮茶听雨，岂不快哉！沉静过后，再走出来，尽情地享受凡尘烟火。

遁世闲隐，在古代文人中，似乎是一种时尚的追求。大凡退居山林的隐者，多为避世，或仕途不顺，或朝廷纷乱，他们得不到君王的赏识，空有壮志雄心，满腹才学不得施展。感叹世无知音，心灰意冷后，便选择小舟泛湖，林泉归隐。许多隐士都有着不为人知的无奈，他们心中时常不能彻底放下，故几度归隐，又几度出仕，在矛盾中度过一生。

魏晋时期，著名的竹林七贤，因为对司马氏集团均持不合作态度，无法直抒胸臆，便隐居竹林，以清谈、饮酒、佯狂等形式来排遣苦闷的心情。再如，发誓不食周黍，最终饿死首阳山的伯夷、叔齐；淡泊名利、清静无为的庄子；功成身退、泛舟五湖的范蠡；不事王侯、耕钓富春山的严光；采菊东篱、悠然南山的陶潜；以梅为妻、以鹤为子的林和靖……

初次读辛弃疾这篇《清平乐》，只觉眼前浮现出一幅朴素生动的画，那画面依稀熟悉，却又好遥远。这幅画，让我想起远去的童年，那段只有在乡村才能拥有的质朴光阴。斗转星移，我接受命运的安排，背井离乡，在烟水江南写字为生，也算是雅致。

也读过不少辛弃疾的词，多为慷慨豪迈、气势浩荡之作，文采间流露出卓尔不群的光彩，气冲斗牛的果敢。也因此，他跟另一位豪迈的词人苏轼，并称为“苏辛”。但他在晚年闲居的时期，也写了不少田园风光的词，朴素耐读，就如这首《清平乐》，让读者恍如身临其境。

这首词是辛弃疾晚年遭受排斥，被迫离开政治舞台，归隐江西上饶，闲居农村时所写。一个叱咤风云的热血男儿，脱下征袍，归居田园，内心怎可波澜不惊？“休说鲈鱼堪脍，尽西风，季鹰归未？求田问舍，怕应羞见，刘郎才气。”

到后来，他的心慢慢被山野田园的朴素恬静感染，归于平淡。他之所以努力抗击金兵，想要收复中原，是因为他爱国，他内心深处向往平和与安定。词中所描写的简朴平静，是他当时于村庄生活的真实写照。

那时，边疆的战火虽然不曾停息，可是远离纷扰，不见硝烟的田园，一如既往地安宁静美。辛弃疾笔下这首词，没有任何的雕饰，也没有粉饰太平之意，他让自己遗忘刀光剑影，彻底地投入茅舍人家，方拥有了这段珍贵淳朴的乡村时光。

“茅檐低小，溪上青青草。”一间矮小简朴的茅屋，被潺潺溪水环绕，杨柳垂枝，青草茵茵。如此茅舍小院，居住了怎样的平凡人家？“醉里吴音相媚好，白发谁家翁媪？”就是这么一对白发的老翁老媪，亲热地坐在一起，喝着山间的野茶，自酿的米酒，悠闲自得地闲聊家常。

如此平淡的笔墨，却描摹出一幅和谐、亲切、温暖的画卷。就这样寻常的夫妻，寻常的两人，在寻常的光阴里，举案齐眉。这里的“吴音”，是指吴地的话，江西上饶，在春秋时期属吴国。

茅舍人家，围炉煮茶，本是世间最寻常平淡的生活，可是对历经宦海浮沉的辛弃疾而言，是弥足珍贵的。他珍惜这样的时光，将这幅画描绘于词卷里，当他为国事所累，夜半不寐时，便取出来翻读，慰藉心灵的苦闷。

“大儿锄豆溪东，中儿正织鸡笼。最喜小儿无赖，溪头卧剥莲蓬。”简单的白描，无须任何修饰，更衬托出这首词的大美。不过简单的几句话，将当时的情境落于纸上，瞬间鲜活如生，妙不可言。

大儿子在豆田里锄草，二儿子年纪尚小，坐在竹椅上，编织鸡笼，而小儿子还不懂世事，调皮地玩耍，卧在溪边剥莲蓬。一个“卧”字，将整个画面活跃了起来，眼前的小儿，是那么无忧无虑，天真活泼。而我竟被这样一幅宁静平和的画面，感动得泪眼模糊。纷繁茫然的现世，让我们觉得眼前的安逸静美，恍若梦中。

这首《清平乐》就是一幅白描画，无须水彩的泼洒，寥寥几笔，便意趣盎然，清新夺目。这让我想起在成都修筑草堂的杜工部，他也是为了避乱，长安梦碎，才隐居蜀地，建了草堂，过上了一段平实安然的生活。我曾经写过这么一首简洁的诗：花径、柴门、水槛、石桥，这么多朴素的风景，足以慰藉那一颗不合时宜的心。

竹篱茅舍，打开宽阔的襟怀，庇护万千寒士。他可以教白云垂钓，邀梅花对饮，简洁的桌案上，搁了一杯老妻温的佳酿。古朴的栏杆边，垂放着他和稚子的钓竿，棋盘上，还有他当年和好友没有下完的一局棋。杜工部的草堂，和辛弃疾居住的溪畔茅屋，多么地相似，又是多么地令人神往。

也许此时的辛弃疾才找到了最真实的自己。只有这个时候，他才会忘记“横绝六合，扫空万古”的风云霸气，搁下“道男儿到死心如铁，看试手，补天裂”的壮志豪情。脱了战袍，牧马亦随之归隐，寄身山林，忘了山河谁是主，谁又是客。

这古朴的农庄，就是他的世外桃源，在这里，可以不必知道朝代的更迭，不必在意官场的黑暗。男耕女织，稚子嬉戏，拥有着寻常百姓简单的幸福。竹篱茅舍，一口水井，一道篱院，几畦菜地，还有几缕打身边缓慢游走的闲云。

溪水潺潺，碧草茵茵，那间茅屋，盖在了宋朝一方宁静的田园。而那个叫辛弃疾的老人，将他的老妻和稚子，以及一生的心愿，平静地铺陈在纸上，让我们在朴素祥和的光阴里，忘记了转换的流年。

第六卷◎多情帘燕独徘徊

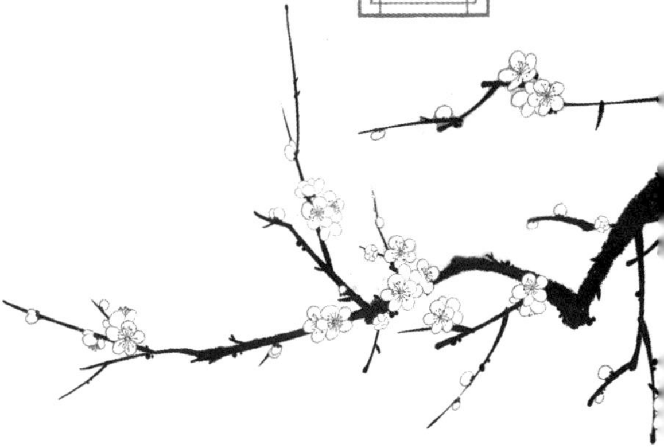

人生自是有情痴，此恨不关风与月

《玉楼春》　欧阳修

尊前拟把归期说，未语春容先惨咽。
人生自是有情痴，此恨不关风与月。
离歌且莫翻新阕，一曲能教肠寸结。
直须看尽洛城花，始共春风容易别。

仿佛每一段相逢，都是为了明日的离开。既知到最后都要离别，却依旧有那么多人，一往情深地期待相逢。是啊，用一盏茶的相聚，换一生的离别，也是值得的。他们在人生的渡口，演绎着悲欢离合，等待着宿命将缘分一次次安排。人生的聚散，就像是戏的开始和戏的落幕，次数多了，终究从容。

听这么一首曲《在最深的红尘里重逢》，闻着清风的气息，淡淡地回忆过往的痕迹。于是，写下这么一段文字，似诗非诗，似词非词。

也许有过去，也许只有，在回忆里才能再见你。
红尘如泥，而我在最深的红尘里，与你相遇。
又在风轻云淡的光阴下，匆匆别离。
也许我还是我，也许你还是你，也许有一天，
在乱世的红尘里，还可以闻到彼此的呼吸。
那时候，我答应你，在最烟火的人间沉迷，
并且，再也不轻易说分离。

很美，仿佛连离别都是一种美丽。这样多情，无关风月，却又真的离不开风月。第一次读这句诗是在何时，已然忘记。仍记得后来看琼瑶电视剧《还珠格格》，夏紫薇对乾隆皇帝意味深长地念出了“人生自是有情痴，此恨不关风与月”。

那时乾隆帝流露出的惊讶和感动，令我不能忘怀。因为夏紫薇的懂得，让他觉得，以往的过错和辜负都情有可原。生命中许多用情之处，也许并不全和风月相关，有时候，感情就是那样不能自已，无法控制。世间正是因有这如许的真性情，才会有那些

动人心弦的故事和感动。

但我明白，说出这句话的人，一定是过尽沧海，不然，又何来如此深刻的感叹？动情容易守情难，有刻骨铭心的爱，就会有深入骨髓的恨。每个人都是平凡的，有着七情六欲，任何时候都无法彻底斩断情丝，做到六根清净，五蕴皆空。

没有谁可以真正做到无欲无求，纵是佛家经历过涅槃，也未必能够远离苦海，圆融自在。这世间为情而痴，为情而苦，作茧自缚的人太多。风月本无罪，是人赋予了万物情感，方有了爱憎情怨，有了诸多苦乐。纵然你有慧根和悟性，也抵不过情涛爱浪。

在我的记忆里，唐宋八大家之一的欧阳修，是一代儒宗，他的一生除了文学，更多的应该是政治。他不仅诗词出众，散文亦为一时之冠。一篇《醉翁亭记》写出林壑清泉之美，感叹人间四时之景，妙不可言。苦短人生，心性当明净放达，坐对无穷山水，应及时行乐。

一句“醉翁之意不在酒，在乎山水之间也”总会让人想起一个老翁，腰间别一壶老酒，在山水间放逐徜徉。过往的名利，经世的情缘，在山水草木间，是那样微不足道。然而，这样一位道骨仙风、落落襟怀的老翁，纵算山水相伴，终究还是为情所缚。

再读这首词，突然想起了芍药，想起芍药，是因为它还有一个特别的名字，叫将离。多么令人心动的字眼，带着淡淡的凉意，浅浅的哀怨，以及简约的美丽。是的，这该是一首叫将离的词，是欧阳修在西京留守推官任满，离别洛阳，和亲友话别时，心中生出的万千感慨。筵席上，他举杯拟把归期说，却未语先哽咽。

一个人，无论多么理性，面对离别，都无法做到彻底地从容淡定。也许随着年岁的增长，看惯了离合，早已不再感伤。可当我们道出一声珍重，从此天涯各西东，又难免牵怀。故人远去，真的可以不再唱阳关曲吗？那霸陵的柳，究竟是为谁折尽的？

醉翁说，人生自是有情痴，此恨不关风与月。他是个智者，没有拘泥于狭隘的离别，而是看到人生万象，品尝百味世情。这句词，有悲情愁怨，却也豪气纵横，仿佛在瞬间就打开了心胸，让那些不能自醒的人，豁然解脱。如此便可以饮下最后一杯酒，策马扬尘，相忘于江湖，决绝转身，不用百转千回。因为，我们每个人在红尘中，从来不做归人，只是过客。

醉翁又说："离歌且莫翻新阕，一曲能教肠寸结。"读这句，我想起白居易的诗"古歌旧曲君休听，听取新翻杨柳枝"。想来不同的人，会生出不同的心境。有些人觉得新词不能替代旧曲，任何的翻新，都会平添烦忧。与其这般，不如守着一支旧曲，虽然柔肠百结，却不会添上一段新愁。可有些人，不忍反复地听古歌旧曲，想要填一段新词，更换昨日情怀。也许只有这样，才可以暂忘旧梦，在一阕新词里，不轻易触碰过往。

也许，只有将洛阳的花看尽，才可以与春风从容地话别。他对这座城，仍有着无限的眷恋与诸多的不舍。只是，看过了春花，还有夏荷，就像人生，聚散离合无处不在，身在尘内，又怎么能够将悲欢尝遍？说好了，这样的离别，无关风月，所以无须留下任何承诺。举杯畅饮之后，起身离席，一个人，不与谁同步。桌上那盏茶，只消片刻，就没了温度。

收拾好简单的行囊，转身而去，阳关三叠，已惊不起漫漫风沙。因为他的心，涉水而过，在江南的烟水亭边，命运已为他安排另一段际遇。也许那段际遇，依旧和风月无关，却一定离不开山水。在有情的山水间，重新回首过往的离别，应该又会有新的感动。

流水人生，萍散之后，仿佛连落花都暗隐着慈悲，离别也成了一种对流年的感激。因为只有这样，走过的岁月，才不至于留下太多的空白和缺憾。在生命的过程里，不求奋笔疾书，翰墨寄身，只摊开一卷素纸，静静地写下一阕清词：人生有情，无关风月。

何处合成愁，离人心上秋

《唐多令》　吴文英

何处合成愁？离人心上秋。纵芭蕉不雨也飕飕。

都道晚凉天气好，有明月，怕登楼。

年事梦中休，花空烟水流。燕辞归客尚淹留。

垂柳不萦裙带住，漫长是，系行舟。

今日立秋，也许是多年的习惯，其他节气我都容易忘记，唯独立秋忘不了。并非因为我对秋天有着怎样难以割舍的情怀，而是一种习惯——喜欢闻秋天的味道，一种寥落的凉，一种神伤的美。

流年如水，这么多年，我早已学会了平静地看四季荣枯，光阴往来。我喜欢秋天萧然的况味，也喜欢春天的万紫千红，夏日的葱茏翠意，还有冬天岑寂的苍凉。唯独秋天，总是那么让人死心塌地喜爱，它可以惹得芸芸众生都来感伤，可以让人心甘情愿地接受离别。

秋天，有着伤感而清澈的离别，就像落叶一样静美。第一次接触到“何处合成愁？离人心上秋”，是从一个学姐那儿。她在校园的一株梧桐树下，捧一本宋词，轻声地读着。我恰好打那儿经过，她招手唤我，那眼眸，明净如水，一生不忘。

她说：“你知道吗？宋词里，我最爱的就是吴文英的这首《唐多令》，其中有一句，何处合成愁？离人心上秋，道尽了愁的滋味。”当时我还是个懵懂的女孩，并不能体会太多，但明白，愁字的由来，是离人心上之秋。后来我才知道，她和她的恋人，永远地别离了，就在那个伤情的秋季。

再后来，她又说起了林海音的《城南旧事》，她说我像那个小英子，有一双清澈，会说话的眼睛。而后她低低地唱起了李叔同的《送别》：“长亭外，古道边，芳草碧连天。晚风拂柳笛声残，夕阳山外山。天之涯，海之角，知交半零落。一壶浊酒尽余欢，今宵别梦寒。”

几年后，我看了《城南旧事》的影片，就再也忘不了小英子，更忘不了那双眼睛。那种清纯，就像秋天碧潭的静水，明澈见底。而那首《送别》在影片里舒缓地唱着，仿佛在讲述城南老去的旧事，牵引无数观众内心潮湿的感动。

时光无言，让我再次想起那个贞静温婉的女子，在梧桐树下，轻读吴文英《唐多令》时的情景。光阴无情飞逝，一晃十年之多，我和她再无缘重逢。但我知道，她早已开始了另一段故事，并且是在秋天。

当年吴文英写这阕《唐多令》是因为和挚友在秋天分离。起句就巧妙地写出，心中的秋合成了一个愁字。纵是没有雨，院内的几株芭蕉，也在风中诉说秋声，平添如烟的客愁。在秋天的清凉里，可以看到天空，几朵白云的寂静，看到荷池，几枝莲心的简洁，还有草地上，几片落叶的安宁。

夜凉如水，有清明的朗月挂在中天，而词人却不敢登楼，怕勾起无边往事，惊扰他那颗本就善感的心。因为这是一个令人易感的季节，思绪一旦释放，任谁也无法收敛，只能沉陷。

吴文英，南宋词人，字君特，号梦窗。梦窗这两个字，给人无限的想象，诗意而美好。想来，吴文英该是一个风骨清朗的书生，眉宇间带着一种飘然遗世的清愁。因为他一生未第，闲游终生，于苏州、杭州、越州三地居留最久。虽是漂游，但是在长满闲情的江南，他的心一直都是纯粹诗情的。也有落魄，也有低沉，也有寂寥，可江南的微风细雨，可以抚平人世所有的哀愁。

世人对他的《梦窗词》极为喜爱，黄升引尹焕《梦窗词叙》云：“求词于吾宋者，前有清真，后有梦窗。此非焕之言，四海之公言也。”沈义夫《乐府指迷》亦谓“梦窗深得清真之妙”。陈廷焯《白雨斋词话》卷二云：“若梦窗词，合观通篇，固多瞥策。即分摘数语，每自入妙，何尝不成片段耶？”近代词论家多以姜词清空，吴词密丽为二家词风特色。

我对他的词了解不深，唯独这首《唐多令》因牵系着一份秋天的愁绪，而不能忘怀。词的下阕，写他感叹年华往事似水流走，而他客居他乡，亦经历无数次离别。每一次挥手，似乎总在秋季，山长水阔，相逢不知是几时。

这里的离别，虽是与友人，但是像他这样的才子，生命中一定有过不少红颜知己，他和佳人应该也有过这样的别离。于清凉的秋天，红衣褪尽的莲朵，似那远去的红颜，感伤中带着宁静。

寂夜里，听一曲《送别》，感受芳草连天的悠远，晚风拂柳的轻柔，还有知交半零落的怅然，以及浊酒尽余欢的清寒。偶然看到一个友人的个性签名写着一句话：又是一年秋凉时。顿觉触目惊心，因为，多年前，我也写下过这么几个字，一种叠合的感动，打湿我的双眼。

其实，今天才立秋，未到秋凉之时。可是一看到这个“秋”字，就让人感到一种凉意，从风中缓缓地飘来，在离人很远，离人又很近的地方，将我们等待。直到那一日，烟锁重林，寒蝉凄切，又拿什么来挽留那些行将远去的故人？

夏虫没有与任何人告别，仿佛在一夜之间销声匿迹，带着夏日未了的梦，隐身而去了。而我们，也在这莫名的空落里，感到寂寥。被储藏的往事，如陈年窖酿，在秋天来临之时，悄悄开启。一缕凉风，一片落叶，一棵枯草，都会撩乱内心的平静。因为只有在秋天，才可以肆无忌惮地怀旧，毫不顾忌地沉沦。

叶子就在这个季节飘落，将所有的过往堆积，慢慢地，收存昨天的记忆。我们只需要在每一次别离的时候，拾起一片落叶，祭奠那些逝去的年华和故事，待到生命行将终结之时，细数过往，究竟积攒了多少秋天的愁绪。无论是怎样的结局，我们都承受得起，所以没有多少人，在秋天的路口，等候春天的消息。

何处合成愁？离人心上秋。今日立秋，没有离别，只有一阕《唐多令》，一段城南旧事，和往年一样，在记忆深处如约而至，并且还会相伴到永远。一段心事，瘦与黄花，低眉提笔，以此为记。

酒入愁肠，化作相思泪

《苏幕遮》　范仲淹

碧云天，黄叶地。秋色连波，波上寒烟翠。

山映斜阳天接水。芳草无情，更在斜阳外。

黯乡魂，追旅思。夜夜除非，好梦留人睡。

明月楼高休独倚。酒入愁肠，化作相思泪。

“碧云天，黄叶地……”似乎许多人读到这里，接下去一句会顺理成章地读出：北雁南飞，晓来谁染霜林醉？总是离人泪。这是元代王实甫的《西厢记》里的句子，出自长亭送别一段。莺莺因张生将离，内心产生恋情、别情和伤情，才有了这样凄美的锦句妙语。

这里的“碧云天，黄叶地”则是北宋词人范仲淹《苏幕遮》里的句子，表达的是征人思家的愁绪。他们将离情装订成一册古老忧伤的线装书，让捧读的人也生出柔情。纷飞的黄叶，携着淡淡的追忆，遗落在过往的秋风里。

第一枚秋叶离枝，我就开始阅读秋天。这个季节，有人目睹了灿烂，有人感受到荒凉。秋叶飘落的那一瞬，会让我们产生幻觉，幻想着死亡的美丽；也会有一种落地生根之感，仿佛另一段缘分已经开始，我们就可以顺理成章地背叛，萌动新的情感。

秋天确实是一个适合怀旧，令人感思的季节，它的到来，仿佛是为了度化世人。历来写诗填词的人，在这个季节，都会生出感伤，笔墨如流。那些经典文章，亦多是借秋景抒秋情，心若秋水，忧伤而明净，让汹涌的浊世在一卷水墨中安定平静。

词的上阕，恍如在清风明月下，打开一轴秋水长天的清凉画卷。碧云高天，黄叶满地，秋色连波，斜阳落入水中，潋滟的波光，弥漫着寒烟薄雾，离离野草，铺向看不见的天边。这一幅秋景图，美丽而悲凉。

范仲淹写这首词时，出任陕西四路宣抚使，主持防御西夏的军事，在边关防务前线，看着塞外秋景，将士们不免思亲念乡。斜阳芳草，延伸到苍茫的远方，仿佛这条路，可以将他们带回梦里的故乡。

这些边塞征人，年年岁岁都希望可以早日结束战争，脱下征袍，解甲归田。在家乡守着几亩土地，修篱栽松，白天农作，晚上温一壶老酒，用平静清淡的心情，跟老妻稚子讲述塞外烽火连天的旧事。

这一切，都只是在梦中，唯有合上眼，才能在梦里与家人团聚，醒来心绪黯然，愁如潮涌。看着溶溶月色，却不敢登楼望远，怕目光无法触及故乡灯火阑珊的角落。木屋的寒窗下，曾经容颜姣好的妻子已被相思煎熬，鬓边添了几缕华发。她也曾绝色倾城，在流光里，舞动年华的裙裾。

此时的她，点着如豆青灯，以爱情为针，思念为线，为远行的丈夫缝补征袍，只希望相思可以跋山涉水，捎去天涯。稚子在床上酣睡，他还不解人事，以为娘亲的怀抱，是他唯一的温暖。门外犬吠，秋风渐紧，明日的茅舍小院，又该是黄叶满地。

梦不安枕，酒皆化泪。一切景语皆情语，范仲淹正是借助对秋色的描写，真切地吐露征人的旅思之情。然而又不全是，以他“先天下之忧而忧，后天下之乐而乐”的宽广襟怀，又岂会如此狭隘？秋景写秋心，当是借秋色苍茫，以抒其忧国之思。

面对西夏突如其来的挑衅，宋朝措手不及，范仲淹肩负一国安危，心系万民苍生，他将忧愁融入秋景，写进词中。其实此时的范仲淹，已年过五旬，霜染鬓发，也是在这里，他写下了“人不寐，将军白发征夫泪”的词句。

范仲淹，北宋政治家，文学家，军事家。真宗大中祥符八年（1015年）进士，官至参知政事（副宰相）。他的一生，没有多少波折，甚至可以说是官场得意。但我们似乎感受不到他人生的华丽，只留一份清淡，存于心间。

范仲淹生于江苏徐州，出生后次年父逝，母亲带着襁褓中的他，改嫁至山东淄州长山县一户姓朱的人家，改名朱说。后来中进士，才恢复范姓。为了鞭策自己，他去山间一寺庙寄宿读书，寒来暑往，从不松懈。他清苦度日，每天只煮一锅稠粥，凉了之后划成四块，早晚各取两块，拌几根腌菜，调半盂醋汁，吃完继续窗下苦读。他那段清苦的岁月，给后世留下了“划粥割齑”的美谈。

后范仲淹得知自己身世，便决心脱离朱家，自立门户。他不顾母亲劝阻，收拾好衣物，离开长山，徒步求学去了。二十三岁的范仲淹来到睢阳应天府书院，这里藏书千卷，还有许多志趣相投的师生为伴。

他生活依旧清俭，人说像孔子贤徒颜回，一碗饭、一瓢水，在陋巷，他人叫苦连天，颜回却不改其乐。而范仲淹每日淡饭粗茶，清晨舞剑，日夜苦读，他人赏花看月，他于书卷中悠然寻乐。几年后，参加科举，中榜为进士，开始了他四十年的政治生涯。

他写下“先天下之忧而忧，后天下之乐而乐”的传世名句，也抒发了“酒入愁肠，化作相思泪”的柔情感慨。他的一生，心存清淡，以天下为己任。在车水马龙中守一份从容，于五味杂陈里持一份清淡，又在波涛汹涌时怀一份平静。或许百姓以为离他很远，其实，他就在百姓身边。

叶子青了又黄，我们和宋朝的距离，也不过几载寒暑而已。初秋时节，霜意还未开始，有些人已经开始握笔，写下秋天的诗句，只为了，落叶经过的时候，顺便捎去一个梦想，赠给流年。待到空山日暮，那一朵安静的白云，是否会为我们唤醒一些行将忘记的烟霞故事？

“碧云天，黄叶地……”没有花团锦簇，只见碧水长天。所谓世相纷呈，我们当以清醒自居，在浮华中纯净，在冷酷中慈悲，在坚定中柔软，在繁复中安宁。秋水无尘，兰草淡淡，不以物喜，不以物悲。

恨君不似江楼月，待得团圆是几时

《采桑子》　吕本中

恨君不似江楼月，南北东西，南北东西，只有相随无别离。

恨君却似江楼月，暂满还亏，暂满还亏，待得团圆是几时。

诗词的意境，总是那么美妙，有些好的诗或词，随意翻读，便烙刻于心间，如影随形，永世不忘。就像某个人，虽是萍水相逢，却可以淡淡地牵怀一生。亦如某个人生的片段，往往是刹那的光影，就定格成永恒。

每当我看到月亮，无论是新月或是满月，是上弦月，还是下弦月，都会想起这首《采桑子》。一首简洁明朗的宋词，没有华丽的装饰，没有纷繁的心绪，亦没有堆砌太多的物象。仿佛从头至尾，就看到一个多情女子，和月亮诉说心怀，便再无其他了。

她应该有着清丽的容颜，微蹙的黛眉，以及一颗玲珑有致的心，藏着微涩的情怀和淡淡的愁思。这首词，似乎是那个叫吕本中的词人对着月亮即吟而成的，并且是以一个女子的口吻，将相思之情，随意表达出的。

像一首简单的情歌，看似平淡，却寓意深刻，别具匠心，可以让读过的人，深记不忘。抬首望月，就会不由自主地想起一首叫《采桑子》的词，有那么一句“恨君不似江楼月”，于心中生出淡淡的回忆，以及浅浅的忧伤。

史卷上记载，吕本中既是诗人也是词人，在两宋文人之中，却都算不上第一流。他在少年时的一次戏作《江西诗社宗派图》中，尊黄庭坚为主，下列陈师道等二十五人，称之为“江西宗派”。他年少时，有过一段美好的欢情时光，所以闲时爱写诗填词，将情怀寄于翰墨。他曾引前人论诗的话作为审美标准：“好诗流美圆转如弹丸。”这说的是，好诗要体现出一种自然流畅之美。

吕本中一生致力于诗，对填词兴致较淡，可是他的词比诗更别出心裁，独具风味。这位被称作“东莱先生”的文人，性情坚毅，气节刚直，在朝为官时，敢于触犯权臣，而他的词中，却少了坚韧的气韵，多了些细致的味道。

后人评他：“直忤柄臣，深居讲道，而小词乃工稳清润至此。”其实诗词所表达的，只是内心深处某一角落的感想，不是思想的全部，更无法诠释点滴的生活。人生百味，世态纷纭，有些人，也许只能深刻地品尝一种味道，在纷繁中，领悟一个真理。或者说人世百媚千红，你独钟情于一色。

所以，他会写出这首清新自然、真挚流畅的《采桑子》。就像是长在宋词土壤里的一株清淡的兰草，朴素无华，却幽香萦怀。也像是挂在宋朝天空的一弯月亮，纤细柔美，又明净清宁。它以平淡清新之风，恬淡柔婉之情，在万千宋词里脱颖而出，让我们记得它的巧妙。

就如同品尝了一桌山珍海味的菜肴后，单独端上来的一杯清茶，色味皆淡，却经久耐品。这就是吕本中词中之味，他的《紫微词》里收录的词不多，却耐读，经得起咀嚼和回味。一如一个看似寻常的女子，骨子里却透露出一种安静和朴实，让人见了就喜欢，只觉沉婉，亲和。

“恨君不似江楼月，南北东西，南北东西，只有相随无别离。”一个居无定所的旅人，带着天南地北的尘土，始终不能停下匆匆步履。只有江楼月，一直相随，陪伴左右。这里因思君而成了恨君，心中哀怨无限，仅短短几行字，就让人体悟出情感的深刻。

下阕巧妙的转换，使词的意味轻盈地从一个空间跳到了另一个空间。“恨君却似江楼月，暂满还亏，暂满还亏，待得团圆是几时。”首句仅一字之差，恨不得所思之人即刻变成这清朗的明月，得以相伴左右。但千古明月，亦只是缺多圆少，想要相聚又岂是易事?

“南北东西”和“暂满还亏”被重复使用，有一种叠合的美感，加重了情感，读来更是意味深长。每当读到此，便会想起《西游记》女儿国那集的片尾曲，其中有这么一句“人间事常难遂人愿，且看明月又有几回圆”，道尽了人生萍聚萍散，缘来缘去的无奈。

就是这样一阕看似随意偶得的作品，蕴含了词人无尽心意，深刻情感。倘若没有铭心的感觉，又怎能写出如此无须斟酌的词句？好似在静夜里，看到一颗明净的心，在和月亮呢喃细语。哪怕隔了千年，那低声细语，依旧听得清晰。

也许吕本中想要表达的，是一位在远方一直痴等他的佳人，而他漂泊流转，甚至南下逃亡。随着南北宋的划分，年少时的欢爱，和现在恍如隔世，再也追不回来了。“只言江左好风光，不道中原归思、转凄凉。”

他流落江南，可是在这个“人人尽说江南好”的灵秀之地，他感觉自己永远只是一个过客。吕本中的祖籍原是安徽寿县，也属南方。但自祖辈起就一直定居在京城开封，他早已将开封当作自己的故乡。

他亦有着一颗爱国清正之心，可是在那个带着悲剧色彩的朝廷，他的忠直到底不为所容。当金兵南下攻宋围城的时候，吕本中和千万京师子民一起经历了战火的洗礼，亲眼看到繁华的汴京城遭受近乎毁灭的败落。谁来给这座都城疗伤，谁来为黑暗的结局打开一道明亮的出口？

他接受命运的安排，经受南渡的凄怆之后，心中亦带有隐逸的念想。说他遁世也好，说他逃避也好，他在词中写道："叹古今得失，是非荣辱。须信人生归去好，世间万事何时足。"的确，一生荣辱皆归尘，半世功名，却无法触及，南山篱院里一株悠然的菊花。

平静下来，他抬头望月，会想起当年吟咏的《采桑子》吗？那段被宿命搁浅的情缘，已经是曾经沧海了。红颜在岁月中缓慢地老去，只有江楼月还是昨天那样，时缺时圆。人生的离合聚散，抵不过佛祖的拈花一笑。

我亦多情，无奈酒阑时

《虞美人》 叶梦得

雨后同干誉、才卿置酒来禽花下作

落花已作风前舞，又送黄昏雨。
晓来庭院半残红，惟有游丝千丈袅晴空。
殷勤花下同携手，更尽杯中酒。
美人不用敛蛾眉，我亦多情无奈酒阑时。

这几日痴迷于一首叫《乱红》的纯音乐，是偶然的邂逅，其实以前依稀在哪里听过，可到底忘记了。后来得知其曲名为《乱红》。于是，心中仿佛看到一场人间花事行将落幕的情景。

在细雨微风的黄昏，有落花纷纷飞舞，舞得绚烂安静，舞得凉薄难当。待曲子结束，日闲风静，以为是一场美丽的意外，拂不去的，依旧是眉间落花。翻开词卷，我看到落花，原来被岁月覆盖在禅寂的昨天。

“落花已作风前舞，又送黄昏雨。”这场落花，纷飞在叶梦得一首叫《虞美人》的词中。似乎这首词就离不开嫣然的花事。词牌的虞美人，本身就是一种花木，而词人写此词，亦是和友人置酒于海棠花下。在落红轻飞的庭院里，交换杯盏，当是别样风流。

“雨后同干誉、才卿置酒来禽花下作”，这里的“来禽”，在南方称花红，北方称沙果。但我更喜欢另一名称，就是海棠，这名字有一种妩媚的风情，在清淡的日月里，仿佛和每个人，都有一场旖旎之约。

叶梦得的词婉约清丽，没有多少浓情愁怨，放达中见清逸，明澈中含隽永。他的词，就像他波澜不惊的人生，住红尘无多纷扰，处官场无多沉浮，到晚年干脆隐居山林，自号石林居士，每日以读书吟咏为乐，瓶梅清风，诗酒人生。

有记载说他“晚岁落其华而实之，能于简淡时出雄杰，合处不减靖节、东坡之妙”。可见他的词自有一种清旷之意，到后来是铅华去尽，清风不惊，明月无扰。他在词坛的成就，亦同他的词一样，从容端然，风云疏淡。

一壶青梅酒，在时光里酝酿，记忆就似这坛封存的老酒，不轻易开启，一旦开启，就要尽情畅饮。于这乱红飞过的日子里，叶梦得邀约好友，到庭院聚饮。“晓来庭院半残红”，晨起时，看到庭院里落红满地，想起昨日乱红飞舞，送走了黄昏的风雨，此时，花瓣在风中轻轻飘荡。

看到残红满院，本是让人伤神，触人愁思的。然词人添了一句“惟有游丝千丈袅晴空”，顿时天空明净，一缕和暖的阳光，洒在晶莹的花瓣上，有一种动人心弦的清澈。而整个词调，亦得到了升华，一扫乱红纷飞的怅然迷惘。

整个庭院，有一种被水洗过的洁净。趁落红还未扫去，在淡淡日光下，叶梦得殷勤地携两个友人围坐于石几，数叠小菜，几样糕点，一壶佳酿，饮尽杯中往事。此时的叶梦得，或许已经隐居湖州卞山石林谷了，所以才会有如此闲逸的生活。素日里读书写字，烹炉煮茶，偶有诗客来访，饮酒推杯，闲话人生。

“更尽杯中酒”隐透出一种豪情与旷达，仿佛看到几位诗客，宽衣大袖，道骨仙风，过着闲云野鹤的生活。王维在《送元二使安西》中也写过“劝君更尽一杯酒”，以及欧阳修的《朝中措》中写过“挥毫万字，一饮千钟”，所表达的都是一种酒中求醉的人生，只想了却人间万事，看漫漫河山，在杯中消瘦。

纵是如此旷达洒脱，也没有彻底看淡聚散。“美人不用敛蛾眉，我亦多情无奈酒阑时。”写得婉转深刻，曲折耐读。看过花开花落，云聚云散，又经历过人生无数次的离合悲欢。也曾年少求取过功名，在朝当过官，可谓一生荣辱皆尝尽。只因看淡世事，才会有如今的闲隐，却依旧会为寻常的离散而伤神。

仿佛这就是生命中无法避免的定则，只要身居红尘，无论是隐逸深山，还是遁迹白云，都会被俗事俗情所羁绊。将一颗小石子，投入平静心湖，还是会荡起微微的波澜，而这波澜，在岑寂的风景里，难道不是一种难言的美丽?

佳人看到聚会的人酒意阑珊，行将离散，甚觉留恋，便眉头不展。古代达官名士饮酒，身旁多有侍女劝酒助兴，增添情致。叶梦得虽然隐居，但身边依然不乏美人。隐士中梅妻鹤子的，或许只有林和靖。我相信，竹林七贤闲隐山林，应当也有侍女相陪，为他们抚琴侑觞，轻歌曼舞。而南山上的陶渊明，应该也有老妻相伴，为他抱薪烧饭，洗手做羹汤。

本以为淡了心性，可当词人看到美人蹙眉，竟受其感染，禁不住也有了惜别之情。看着散去的宴席，感慨人生聚散无常，不知道下一次举杯对饮，又会在何处，于何时。

都说人的情绪是一种传染病，当你不能感染一个人时，就必定被其所感染。叶梦得如同闲云的悠然心境，一时间无法感染身边的侍女，侍女的愁思反而感染了他。酒阑人散，惹得留恋、惜别，亦属人之常情。“我亦多情无奈酒阑时”，结句词人真性情的流露，令这阕词更添婉转，耐人寻味。

以《虞美人》为词牌，让人印象最为深刻的，应当是南唐后主的那一阕，它表达的是一个落魄帝王思怀故国，那似江水般滔滔不尽的愁怨。同样的词牌，填出的却是完全不同的意境。每个人的生命历程不同，后主的词之所以伤神，是因为他悲剧的人生，注定用血泪研墨，最后以悲剧的方式死去。

叶梦得与后主相比，一生平淡，没有留下多少传奇，就连死，也是平静的。这世间，无法掌控的就是命运，无论命运给了怎样的安排，我们的一生，就只需交给生老病死。因为有一天，所有的一切，都会沉入时光的江底，无声无息。

乱红飞舞，满地的落英有一种无从收拾的纷芜，又有一种淡然遗世的安静。喜欢叶梦得的这阕词，是因为他没有在觥筹交错的记忆酒杯中，将自己彻底地灌醉。过度清醒，会让人觉得薄凉冷漠；过度沉醉，又会让人感到浮浅迷离。所以，完美的人生，当是留一半清醒，留一半醉意。

被疏梅、料理成风月

《贺新郎》　辛弃疾

把酒长亭说。看渊明、风流酷似，卧龙诸葛。

何处飞来林间鹊？蹙踏松梢残雪。要破帽、多添华发。

剩水残山无态度，被疏梅、料理成风月。两三雁，也萧瑟。

佳人重约还轻别。怅清江、天寒不渡，水深冰合。

路断车轮生四角，此地行人销骨。问谁使、君来愁绝？

铸就而今相思错，料当初、费尽人间铁。长夜笛，莫吹裂！

年少时喜欢细雨落花的清凉，喜欢读温婉秀丽的诗词，所以一直不太喜爱读辛弃疾的词，总以为他的词都是金戈铁马，漫漫黄沙，怕自己会不小心被刀光剑影所伤，生出疼痛。却不知，风刀霜剑更加锐利，年少时的伤口，现在碰触，依旧会隐隐地疼。

错过辛弃疾的词，就像错过了这个夏季最后一朵莲开。直到秋天来临，才恍然，绿荷已落尽了最后的花朵，我连说声再见都来不及。但依旧可以在残荷里，寻找一份诗韵，就如同我重读辛弃疾的词，发觉他的词，不只是边塞的烽火硝烟，还有田园的恬淡朴素，亦有凡尘的人情况味。

偶然翻读辛弃疾的这首《贺新郎》，被其中两句词深深吸引。“剩水残山无态度，被疏梅、料理成风月。”在冷落瘦瘠的山水间，独见那一枝清绝，装点了人间风月，令人心中有一种难以言说的雅致与端然。

“铸就而今相思错，料当初、费尽人间铁。”这一句，甚为奇妙，这里的错，就是一把错刀，一把费尽人间铁铸就的错刀。这样的词句，巧妙到只可意会，不可言传的境界。像是一坛封存在岁月深处的陈年老窖，无论山河如何更换，取出来品尝，它都醇香不减，回味无穷。就算是醉了，也醉得清醒，醉得诗意。

一直喜欢《贺新郎》这个词牌名。《贺新郎》，又名《金缕曲》《乳燕飞》《貂裘换酒》。辛弃疾所作的这首《贺新郎》，记述了他和好友的一段交往。《宋史》本传称辛弃疾“豪爽尚气节，识拔英俊，所交多海内知名士”。

陈亮是与辛弃疾一样的爱国志士，“为人才气超迈，喜谈兵，议论风生，下笔数千言立就”。他们一同主张抗金，交往甚密。辛弃疾在四十多岁的时候，一直赋闲在江西上饶，自号稼轩居士。那年冬日，陈亮来上饶拜访辛弃疾，两人言谈甚欢，并游鹅湖，这也是史上著名的词坛佳话“鹅湖之会”。

《贺新郎》里有这么一段序：“陈同父自东阳来过余，留十日，与之同游鹅湖，且会朱晦庵（朱熹）于紫溪，不至，飘然东归。既别之明日，余意中殊恋恋，复欲追；路至鹭鹚林，则雪深泥滑，不得前矣。独饮方村，怅然久之，颇恨挽留之不遂也。夜半，投宿吴氏泉湖四望楼，闻邻笛悲甚，为赋《乳燕飞》以见意。又五日，同父书来索词，心所同然者如此，可发千里一笑。”

他回忆在驿亭把酒话别时的情景，“看渊明、风流酷似，卧龙诸葛”。把陈亮比作“猛志逸四海，骞翮思远翥”有着远大志向的陶渊明和“攘除奸凶，兴复汉室”立有丰功伟业的诸葛亮。

山林间，不知何处飞来的鸟鹊，抖落松枝上的寒雪，雪落在帽檐上，更添了他鬓边的白发。他似在感叹，自己已是满头白发，到了知天命之龄，仍是报国无门，被闲置于山野，做了耕田种地的老翁。

“剩水残山无态度，被疏梅、料理成风月。”冬日的山水，是这样了无生机，唯有几枝疏梅，点缀了萧索的风景。“两三雁，也萧瑟。”他用剩山残水，暗喻宋朝的江山已经岌岌可危，只有寥落如疏梅和孤雁的爱国之士，努力地支撑着破碎的河山，可还是被风雪欺压，被朝廷排挤。

稼轩的心中，还在惜别，他既欢喜陈亮重诺来相会，又怨怪他匆匆地急于回归。他感叹自己，没能留住他，尽管极力去追赶，还是太迟。寥廓的清江，因天寒水深，结了冰，茫茫江岸，没有渡船。道路阻断，车轮似长了角，不能转动。这样的时候离去，真叫行人断肠伤神。

“问谁使、君来愁绝？”孟郊诗：“富别愁在颜，贫别愁销骨。”这里所写的，不仅是离别愁绪，更是在感叹国家的危亡，以及诸多有志之士不被重用。可见辛稼轩身在田园，终难忘家国政事，剑胆英雄，又怎么舍得光阴虚度？

“铸就而今相思错，料当初、费尽人间铁。”这一句，最动人心肠。匆匆的相聚，又匆匆离别，像是费尽了人世间的铁，铸就了这么一个错误。而南宋偏安以来，若不是一味地屈膝求和，又怎会铸成国势衰危如此大错？

据《资治通鉴》载，唐哀帝天祐三年（906年），魏州节度使罗绍威借来朱全忠军队，为供应朱军，历年积蓄用之一空，悔而叹曰：“合六州四十三县铁，不能为此错也。”在这里，“错”字语意双关，既指错刀，也指错误。

“长夜笛，莫吹裂！”寂夜里，不知是谁，吹奏长笛，更惹得思念无限，悲伤不已。这首词，大量引用典故，可见辛稼轩胸存诗书万卷，熟读经史子集，横绝古今。

从古至今，多少怀才不遇的文人墨客和爱国英雄在官场受挫，选择出世归隐，开始另一段人生。做个平凡淡泊的人，逍遥于山水之间，快意江湖。可以在杏花烟雨里，吹笛到天明，可以邀三五知己，相聚一起煮酒论诗，也可以在田园乡间，植柳种菊，在大雪纷飞之时，独钓寒江。

如此闲情雅趣，难道不远胜于在朝政上争名夺利，将自己陷入俗世的泥沼？闲隐固然自在，可以傲视王侯，做主自己的人生。可倘若人人选择出世，那万里河山，野草疯长，无尽蔓延，又靠谁人来打理？

后来，陈亮收到辛弃疾的词，也步韵和了一首，辛弃疾看到，又和了一首《贺新郎》。而这首词，唱出了南宋时代最激荡的曲调："男儿到死心如铁，看试手，补天裂。"多少豪情壮志，就这样消逝在历史茫茫的风烟里。岁月慢慢老去，所幸时光每一次与人告别，都会留下淡淡的痕迹，我们也许失去了许多美好的从前，但并非一无所有。

日子就像是一书本，一页看完了，又翻过一页。在浩瀚的书卷里，我总是感到时光的错乱。就如此刻，我就是一个误入宋朝的女子，在散着墨香的词卷里，发出不知所以的感叹。

依旧满身花雨、又归来

《南柯子》 田为

梦怕愁时断，春从醉里回。

凄凉怀抱向谁开？些子清明时候、被莺催。

柳外都成絮，栏边半是苔。

多情帘燕独徘徊，依旧满身花雨、又归来。

读喜欢的书，爱想爱的人，看想看的风景，人生当如是简洁随心。像是午后闲窗下，刚刚绣好的幽兰，几片叶，三两朵花，甚至连颜色都没有。又像是伏在桌案上，打了个盹，做了一帘清梦，梦里的情景，一点模糊的印象都没留下。

读宋词每每有此种感觉，读到喜欢的句子，恍如做了一场梦。梦里可以四季交替，日月更迭，可以全然不必在乎，身处何方，春秋几度，是荣是辱。只因书中的锦句名词，会让你悠然入境，时而在江南落了满身的花雨，时而又在塞外沐浴了一场硝烟。

此时看满溪桃柳，篱院春风，彼时又见山径斜阳，楼台秋月。词中之景，句中之意，词人所处的自然环境，以及其思想情感，这一切，所延伸出来的令人心动的美丽，像是一场碧水无涯的痴情相遇，震撼滋润着在尘世中渐次苍白的灵魂。

邂逅这首《南柯子》就如同邂逅一场温润的春雨，没有一见惊心的触动，却有一种前世已相识的缠绵，还有一种恍惚如醉的清新。不知是谁在低吟：于花间盛一坛春雨，且好生收藏，待到佳人归来，一起剪烛煮茗。

对，就是这般感觉，读这首词，宛若开启一坛经年的春雨，在闲窗下，挑烛烹煮一壶纯净的绿意。添了些相思的花瓣，放了点青春的梦想，和时光的芬芳，调和在一起，便成了让我们舍弃不下的味道。

你我是红尘看客，被带入这样的场景里。像是一场戏，戏子已经更换了戏服，隐没在茫茫夜色里，而我们还伫立在台下，思索着戏中的情节，为什么能这样打动心肠？别人轻巧地退出，自己却开始描上浓墨重彩，披了戏子的装扮，导演着未了的结局。这就是文字，带着某种无法言喻的魅力与参透不了的玄机。

写这首《南柯子》的词人叫田为，一个在宋朝词坛上并不风流，并不出色的人物。在浩瀚的宋时星空，又有多少人，可以光芒万丈到让群星失灿？能够于万星丛中出类拔萃的人，寥寥无几。许多人，遵循着星相的排列，做自己独立的那颗星子，也许光芒微弱，却依旧可以照亮行人的路。喜欢一首词，不需要知道词人的背景，就像喜欢一个人，不需要询问他的过往。

历史上是这么记载田为的。田为，生卒年不详，字不伐，籍里无考，善琵琶，通音律，政和末年充大晟府典乐，宣和元年（1119年）罢典乐，为大晟府乐令。他创作慢词甚多，今多佚，存词仅六首。田为善写人意中事，杂以俗言俚语，曲尽要妙。多么简洁的一生，就像他的词，因为稀有，更让人珍惜。

生一段春愁，只因离情，因相思。“梦怕愁时断，春从醉里回。”他每日昏昏求醉，忘记了年光几何，因害怕梦醒了，愁亦随之醒来。可春光还是在醉梦里，悄悄地回来。他睁开眼的时候，看到的是阳春三月，烟景无限。茫然地，他发出感叹："凄凉怀抱向谁开？"可见他心中的孤独寥落，明明是妩媚的春光，品到的却是凄凉的况味。

心中的话语，无法倾诉，亦找不到那个可以倾诉的人。时过境迁，我们真的不知道，田为究竟为了哪个红颜，如此愁闷难解，为了谁，如此醉生梦死。但我知道，有一个女子，占据了他的心灵。我们所能看到的，也只是一个平凡的男子被命定的因缘左右，束手无策之时，只求一醉不醒。

如此心境下，才会看到大好春光却意兴阑珊，无心踏青赏春。"些子清明时候、被莺催。"这里的"些子"，是唐宋的俗语，少许，一点点之意。在此处，是形容清明时节春光短暂，仿佛仅品完壶中酒，做了一场南柯梦，春光就走远了。枝头上，婉转的黄莺，并非在为春天低唱欢歌，却似在催春老去。醉里醒来，所邂逅的春光，不曾抹去心头愁绪，它似梦幻泡影，如此仓促，离去时，连一个回眸也没有抛下。

最喜这句"柳外都成絮，栏边半是苔"。自然清新，又古朴沉静。飘飞的柳絮，似在给春天做无言的告别。而栏杆边，苍绿的苔藓在告诉我们，这儿有一段被搁浅的光阴。词人一直沉浸于杯盏中，已经许久不曾凭栏远眺了，因为远方太远，他想念的人，或许永远不会回来。

“多情帘燕独徘徊，依旧满身花雨、又归来。”只有多情燕子，不忘旧时主人，带着满身的花雨，悄然归来。然而它在帘外飞旋，静静地徘徊，是因为看不到主人当年的欢颜而心中迟疑吗？它觉察到主人身边的红颜已不知踪影，燕儿亦知人心，也懂物是人非的凄凉。

此时的他，希望披着满身落花归来的，是他日夜思念的人儿。可人不如燕儿，燕儿尚知思归，而人却真的一去不复返。当年他们在春天的渡口挥手，是诀别。光阴真是无情物，迫不及待地掩埋过往的一切真相，让回忆都那么悲伤。

窗外，落英缤纷，他看到的是沧桑和残酷。生命中所有的相遇，都是过客的交替，就算当初不错过，终究也还是要失去。人生最悲哀的，莫过于得而复失，与其知道将来注定要失去，莫如将一生交付思念。

如若没有那样的诀别，也不会有如此刻骨的相思和遗憾，更不会有这么一首词。是一个叫田为的词人，将那场花雨和那个如梦似幻的女子，一起写入词中。我们自始至终都不知道她的模样，不知道她在哪里，也不知道她去往何方。

只依稀看到一个清丽佳人袅袅婷婷的背影，朝迷蒙的烟雾中走去，直到彻底消失的那一瞬，都没有回头。

第七卷◎梦里不知身是客

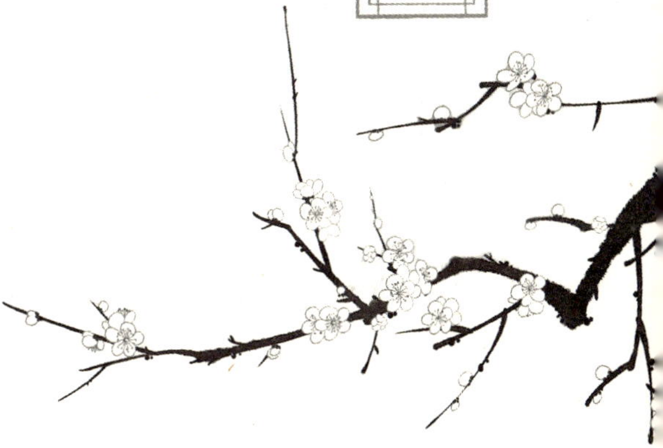

— 一剪宋朝的时光 —

六朝兴废事，尽入渔樵闲话

《离亭燕》　张昇

一带江山如画，风物向秋潇洒。水浸碧天何处断？霁色冷光相射。
蓼屿荻花洲，掩映竹篱茅舍。

云际客帆高挂，烟外酒旗低亚。多少六朝兴废事，尽入渔樵闲话。
怅望倚层楼，寒日无言西下。

时光是一条河，你总是记得它，它却不记得你。时光也是一缕烟，你以为存在的时候，其实它已经消失了。多少朝代更迭，多少风云人物已随着千年流淌的时光，退出历史舞台。到如今，风烟俱静，江湖已改，山河依旧，空留纸上情怀。

那些脱下征袍的老者，每日携一壶老酒，在溪边垂钓白云。那些倚着柴门的女子，早已将芳菲看尽。那些登楼赏月的词客，已不知走进谁的梦中。六朝古都曾经很远，离我们千年；六朝古都原来很近，仅是台上与台下的距离。

烟云日月，粉黛春秋，低眉翻开书卷，以为消逝的历史该是薄凉难当，却还有余温从指边滑过。时光苍绿，古墨寂静，还有那泛黄并且散着淡淡霉味的书纸，仿佛都在提醒我们：回不去了。曾经被风吹日晒的六朝兴废事，以为积满岁月的尘土，会沧桑得不忍目睹。却不想，经过流光的删减、自然的冲洗，反倒简单干净起来了。

于是那些被茧束缚的人，抽丝而出，用岁月的刀片，削去斑驳的疮痂，在阳光下渐渐地温软。这就是时光的魅力，它翻手为云，覆手为雨，它的流转有着某种不定的规律，倘若我们把握不住，与它南辕北辙，就永远不可能走到一起。

第一次读这首词，一见倾心的是这个词牌——《离亭燕》。脑中顿时浮现出一幅图景，燕子离开了它曾经在长亭修筑梦的暖巢，如今飞向了浩渺的天边。从此，万里层云，千山暮雪，它是否可以找到同伴，重建家园，还是一生漂泊，孤独终老？

这些都是我一厢情愿的想法，像是痴人说梦，听过作罢。《离亭燕》又名《离亭宴》。《张子野词补遗》有“离亭别宴”之语，因取以为调名。忽然觉得，读宋词似乎先要把词牌读懂，词牌就仿佛是词的故乡，所填之句，便可以在这里安家落户，酿造情感，耕耘故事。

张昇，北宋人，经历了宋由盛到衰的时代，此词为张昇退居期间所作。大中祥符八年（1015年）进士，官至同中书门下平章事，以太子太师致仕。熙宁十年（1077年）卒，年八十六，谥康节。

以前不喜阅读以这种方式介绍古人的文字，而今却觉得这简单中藏着大美。无须深刻的语言，无须细腻的表达，短短几行字，就看到作者一生的因果。是非成败、兴衰荣辱，也不过是刹那，来不及欢喜，也来不及疼痛，就恍然而过，散入烟云了。

词的上阕，写的是金陵一带的如画山水，萧萧风物，熠熠秋华。登高远望，看浩瀚的长江水奔流至遥远的方向，天水相连，仿佛没有尽头。万里晴空呈现澄澈之色，潋滟江波闪烁清冷的光。这份明净，会让你走出思想狭隘的空间，忘记浮华与苍凉。

只想在滔滔浊世，做一个清白的人，一个淡然不争的人。

任何时候，人与自然相比，永远都是那般渺小，那般微不足道。大自然变幻无穷，时时刻刻转换着奇妙的意境。我们就是江岸的一颗沙粒，阳光经过时，也许还会发光，又或许这一生，都被淹没在黑暗里。你看，江州上，蓼屿荻花也像历经了沧桑的老者，于秋风中，流淌着几许深沉的世味。密集的蓼荻丛中，隐现着竹篱茅舍，就这样在明净无尘的画境里，看到了隔岸烟火，看到了世上人家。

极目处，客船的帆在云中高挂，它们从此岸抵达彼岸，不知道下一个收留它们的港湾又会是哪里。酒家的旗在风中低垂，金陵城的百姓聚在一起，泛酒黄花，馔供紫蟹。

看着眼前的一切，金陵的陈年旧事涌上词人心头。“多少六朝兴废事”，只是短短三百年，这座城就经历了六个朝代的兴盛和衰亡，多少英雄人物，多少纷纭故事，到如今，却是“尽入渔樵闲话”。几百年的风云变幻，就这样落入渔樵朴素的闲话里，淡得几乎没有痕迹。大江东去，一切荣辱成败，都化作一壶记忆的酒饮下。

登高只觉广寒，倚楼不免惆怅。回望历史，探看未来，又思索现在。看到一轮寒日无言西下，就像是当今的朝廷，由盛转衰，明月是否依旧遥远？词人已经辞官隐居，如今凭高舒啸，临水赋词，看江渚上雪浪云涛，沙汀畔蓼屿荻花，心中娴雅旷达，以为早已忘记庸庸尘事，却还是有些许放不下，有些许不合时宜的悲凉。

每当读这首词，都会忍不住吟诵三国卷首里的那阕《临江仙》：“滚滚长江东逝水，浪花淘尽英雄。是非成败转头空。青山依旧在，几度夕阳红。白发渔樵江渚上，惯看秋月春风。一壶浊酒喜相逢。古今多少事，都付笑谈中。”这首词苍凉而淡定，读后让人感悟到江山永恒，人生短暂的深意。

多少英雄，都随着江水，消逝得不见影踪。是非成败，就如同那滚滚浪涛，来时汹涌澎湃，去时了然无痕，几多争夺，转头都成空。不老青山，看日复一日的夕阳沉落，看尽炎凉世态。白发渔樵，是退隐江湖的高士，他们早已看惯秋月春风，以知己相逢为乐事。那些古今纷扰的故事，也都成了喝酒时的闲话笑谈，像秋日里经霜的黄花，清淡得不足为道了。

一段苍凉的箫音，牵引出毛阿敏唱的那首《历史的天空》：

“暗淡了刀光剑影，远去了鼓角铮鸣，……兴亡谁人定，啊——盛衰岂无凭，啊……聚散皆是缘，啊——离合总关情，啊……长江有意化作泪，长江有情起歌声……”歌声多情而悲凉，仿佛要将历史的天空清洗得干干净净。依稀记得有人说过，只有毛阿敏才可以唱出这种味道，一种人世消长的况味，历史沧桑的况味。

是雨打归舟的时候了，过往刀剑如梦，在琴上弹一曲流水清音。饮一壶黄花酒，醉倒在枫林中，白云为被，块石为枕。死生无虑，有甚可忧？绿水青山，我心常宁。

看一段，消逝的汴京遗梦

《燕山亭·北行见杏花》　赵佶

裁剪冰绡，轻叠数重，淡着燕脂匀注。

新样靓妆，艳溢香融，羞杀蕊珠宫女。

易得凋零，更多少无情风雨。

愁苦。

问院落凄凉，几番春暮。

凭寄离恨重重，这双燕，何曾会人言语。

天遥地远，万水千山，知他故宫何处。

怎不思量，除梦里有时曾去。

无据。

和梦也新来不做。

只读这一句“和梦也新来不做”，真的有种不可言喻的悲伤。不，应该是绝望。一个落魄帝王，哀入骨髓的绝望。他说，原以为，远离故国，千里关山，至少还可以在梦里重见。可是近来，连梦也不做了，哪怕是一个易碎的梦，也伸手抓不住它的影子。

他没有帝王的霸气和谋略，没有帝王的能力和胆识。他是个书画家，写瘦金体，画花鸟，才华斐然。这样的风流天子，没有铮铮铁骨，只有风花雪月。就如同南唐后主李煜，一生情意缠绵，注定会落得山河破碎，沦为阶下囚。历史会有许多的巧合，星移斗转，那些如烟往事，总会在不经意的时候，掠过每个人的心头。

赵佶，宋徽宗。在位二十五年，国亡被俘受折磨而死，终年五十四岁。短短几行字，将一个帝王悲剧的一生，轻巧地从开始写到结局。简单悲凉，竟不及寻常百姓。

这首《燕山亭》就是宋徽宗被虏往北方五国城的途中写下的。那时候的他，身为俘虏，心力交瘁，忽见烂漫杏花，开满山头。无限春光，大好河山，也只为得意者而敞开。对于一个失意的帝王，再美的风景，也形同虚设。

所以，他想到的是无情风雨，只需一夜，就可以将这些繁花摧残。春来春去，不过是多添一段离合的无奈。就如同他，从盛极的君王，到颓丧的俘虏，亦不过刹那光景。春尽还会春回，而他这一去，万里蓬山，寒星冷月，又怎会有归期？

宋徽宗确实不是一个好皇帝，不是一位勤政爱民的贤君。他即位后，荒淫奢侈，大兴土木，修建宫殿园林，增设苛捐杂税，搜刮民脂民膏。他太霸道了，他爱奇花异石，就派人在苏杭一带不择手段地搜刮民间财物。他太荒唐了，尊信道教，便大建宫观，自称教主道君，请道士看相算命，将自己的生辰也轻易改掉。他太嚣张了，只为他的生肖属狗，便下令禁止汴京城内屠狗。

这样一个帝王，惹得农民起义，金兵南侵，不是偶然，而是必然。他害怕了，下令取消花石纲，下《罪己诏》，承认自己的过错。可是此时想要挽回民心，已经太迟。更何况他的挽回只是被迫无奈，是权宜之计。他能够真心改过吗？不能，其本性如此，他本不适合做一个帝王，只能做一个纨绔子弟。

丢失了权杖，摘下了王冠，缴没了玉玺，他不再是帝王，不再有呼风唤雨的资本，不再有挥霍奢侈的权力。他被赶下皇位，连同他的臣子、嫔妃和皇子都成了俘虏。汴京皇宫里的珍宝、礼器、藏书被洗劫一空，他的帝王之梦，从这一天起彻底地破碎了。

也许，只有在危难之际，才可以将世情看透。他的词句，句句情真，悲凉中见清醒。是因为，他的生活，早已远离风月。从此，命运的枷锁，会将他紧紧束缚，曾经一代天子，万民朝拜，如今丢城弃甲，落魄称臣。

他的爱妃王婉容，被金将强行索去，受尽凌辱。曾经说好了地老天荒、不离不弃，转瞬间，就把彼此弄到下落不明，谁也不再是谁穿越生死的牵挂。他仅有的一点尊严，被一路践踏，累累伤痕，连痛的地方，都找寻不见。

他唯一能做的，只有怀想，因为，他始终放不下那些繁华的过往，尽管他已无力去抓住那些消逝的时光。“这双燕，何曾会人言语。”他怪燕子不解人语，不能托它捎去重重叠叠的离愁别恨。

他叹“天遥地远，万水千山，知他故宫何处”。那富丽堂皇的宫殿，到如今，只能在梦里时而看见。他只想捧着这个梦，支撑着过完以后那漫长无边的岁月。可近来几日，真的是连梦也不做了。先前流淌的思绪，已在绝望中渐渐干涸。人生就像是一盏摇曳的油灯，油尽灯灭，一丝光芒也不会再有。明明灭灭的烟火，只给那些还心存希望的人。

他没有，他真的没有。他说了，和梦也新来不做。他沉醉一生，只有这一刻最为清醒。短短几行词句，诉尽衷肠，没有繁复，无须诠释，一切了然于心。多少人，看到他的词句，也许会对他此般遭遇生出感叹，对他以往的过错，产生些许宽恕。然而，历史是给不了任何人回归的机会的，在时光面前，失去了原谅的理由，也没有重来的借口。

丢失了梦，他只剩下一具躯壳，去了五国城。任由他们摆布与侮辱，经历着流放、迁徙、关押、囚禁等折磨。在无数个风雨飘摇的夜晚，一盏孤灯延续着没有灵魂的生命。“家山回首三千里，目断山南无雁飞。”此后人生漫漫山河，三千风景，连一只大雁也看不到了。

他死了，死在五国城，结束了九年的囚禁生涯。一生荣辱，一世浮沉，成了过眼云烟。只是谁也不知道，他的魂魄，是否可以回归故国。可以在那儿做一次深深的忏悔，又或者静静地回味一场汴京遗梦。

许多人都说宋徽宗误国，可谁又知道，究竟是他误了国，还是国误了他。倘若他不是帝王，这段北宋历史，又会有新的安排。而他的宿命，也可以更改。人生不可以量体裁衣，处处尽善尽美，倘若你不能适应它的尺寸，就注定不圆满。

赵佶的使命是画画写字，是诗酒人生。让他承担起一个国家，有些勉为其难。他可以接受世间一切尊荣华贵，却无力庇佑万民苍生。他败了，输了江山，输了美人，也输了纸醉金迷的光阴。

生命似一场灿烂的花红，春去春回，梦醉梦醒，不要问归路，不要问前因。我们可以做的，只是在散淡的日子里，寻觅一些过往遗落的踪迹。

我不是归人，是个过客

《浪淘沙》　李煜

帘外雨潺潺，春意阑珊。罗衾不耐五更寒。

梦里不知身是客，一晌贪欢。

独自莫凭栏，无限江山，别时容易见时难。

流水落花春去也，天上人间。

其实，我知道，梦里不知身是客，这里的客，真的和那个过客无关。但我总是会无由地想起，想起郑愁予的那首《错误》，那首凡尘男女都熟悉的错误。“我打江南走过，那等在季节里的容颜如莲花的开落……你底心如小小的寂寞的城，恰若青石的街道向晚……我达达的马蹄是美丽的错误，我不是归人，是个过客……”

这是一个打马江南的过客，他错过的，是一段美丽的相逢，是一段今生的莲事。也许是因为南唐后主本就是个多情之人，所以想到他，总会与这些潮湿的情感相关。纵然他思念的是那破碎的河山，感叹的是客居异国的愁苦，而我却总能碰触他心底深处的柔情。因为，那层湿润的感伤，千百年来都没有晾干过。

读宋词的人，没有人不知道南唐后主李煜，他被称为“词中之帝”。他虽为南唐后主，但是后半生是在宋朝度过的。并且，他的词，以后半生深得其味。那段经历，改变了他一生的命运，也注定了他的词会走向不可一世的风格。

都说人生有得必有失，有失复有得，可是任何一种交换，都要付出代价。南唐后主之所以这般为世人铭记，不仅因为他是亡国之君，最让人刻骨的，还是他的词。他的词，像是一把柔韧的利剑，剑锋可以轻易穿透你的胸膛，却难以快速地拔出。那种韧性，似藤，扎进心里，还会攀爬，直至最后紧紧地将你包裹。你只能看着它流血，看着它疼，却无可奈何。

真的，历史上有许多亡国之君，但是可以让人这样温柔地记住的，唯独南唐后主。这些记住他的人，没有过多地指责他误国误民，断送江山。可仅凭短短几句话，就知道他真的不是一个好皇帝，“性骄侈，好声色，又喜浮图，为高谈，不恤政事”。

他的性情，注定他做不了一代贤君，只能做一个风流词客，于诗酒音律中，方可逍遥度岁，形骸无我。可他生在帝王家，命运安排他接过权杖，坐上了高贵的宝座。这样一个柔弱的君主，没有气吞河山的霸气，不能横扫古今天下，更不能驰骋万里云天，所以才成就了宋太祖逐鹿中原，碧血黄沙的故事。

明知不可为而为之，其结果，必定是梦断尘埃的叹息。从他君临天下的那一天起，他就在开始导演他悲剧的人生，所有华丽的过程，只是为了那场落寞的结局。结局来得太快，从坐拥江山的帝王到一无所有的阶下囚，只消刹那光阴。

这一次，他是真的痛了，亡国之恨，切肤之痛。也许他痛心的不是他的帝王宝座，不是他的天下子民。因为他本就没有一颗帝王之心，而天下子民，换了个皇帝，或许会更丰衣足食。他痛心，从宫廷享乐的瑰丽生活，一下子步入以泪洗面的软禁生涯。

囚禁后宋太祖给了他一个头衔：违命侯。可事实上，他不及一个平凡的百姓。他从帝王成了俘虏，一个风流不羁的才子，最珍贵的莫过于自由。他说过：雕栏玉砌应犹在，只是朱颜改。沧桑变迁，人事更改，他拥有的只是破碎的记忆，能做的是一次次将疼痛的碎片拼凑起来。所谓破镜难圆，任凭他多努力，也无法回到最初。

他的词，从开始的绮丽曼妙，到后来的泣血绝唱，也是因为江山的更替而改变。所以有了那首千古绝唱《虞美人》，有了这首梦里不知身是客的《浪淘沙》。还有许多许多让人看一眼便无法忘怀的词句。他就这样从一个落魄的俘虏，成为千古词帝。

“帘外雨声潺潺，春意阑珊。”他枕雨而眠，悄然入梦。梦里让他暂忘俘虏的身份，只想贪恋那片刻的欢愉，可是好梦由来易醒，那料峭春寒惊醒了他的梦。原来，梦里梦外，竟是这样地天渊之别，他深切地感怀自己的人生境况。醒来独自凭栏，看无限江山，风云万里，于他，不过是一粒粉尘。一切都是落花流水，春去春且回，可是他人生的春天，已经一去不复返了。

因痛彻心肺，才会用情真挚，写出意境深远的悲凉之词。故国不堪回首，他能看到的，只是万顷江山那瘦怯又寂寞的影子。他的词醒透深刻，可是他真的觉醒了吗？如果时光倒流，他是否会励精图治，打理江山，重新俯瞰众生？不，他不会，他没有帝王的霸气和谋略，没有高瞻远瞩的襟怀，没有披荆斩棘的魄力。

一切皆为命定，他的才情，离不开风花雪月，就算从头来过，他还是亡国之君。为了这个“千古词帝”，他付出了一生的代价，丢了万里江山，他唯一拥有的，就只有文字。以文字为食，以文字疗伤，与文字相依为命，也是文字，令他至死不渝。

他尚有梦，并且只有在梦里，他还会以为自己是帝王，在梦里君临天下，在梦里诗酒欢娱。就这样一次次被春寒惊醒，一次次将栏杆拍遍，却再也感受不到故国的温度。他迷失在别人的宫殿里，可是，历史没有抛弃这个没落皇帝，给他画下了深刻的一笔。

但世人只记得他是一个词客，一个用江山换来千古绝响的词客。他的王冠上写着耻辱，文学史册里却给他戴上美丽的光环。从古至今，探寻他一生故事的人太多了。而我只是其中的一个，微不足道的一个。

梦里不知身是客，不知啊。可是梦还是醒了，春天远去，天上人间，才是他最终的归宿。

落梅如雪，拂了一身还满

《清平乐》 李煜

别来春半，触目柔肠断。砌下落梅如雪乱，拂了一身还满。

雁来音信无凭，路遥归梦难成。离恨恰如春草，更行更远还生。

刚过了梅雨之季，已是仲夏，池中的莲，在月光下徐徐地舒展。随意翻开一册线装的宋词，读到这么一句：砌下落梅如雪乱。顿时，心中拂过一丝淡淡的清凉，似晶莹的雪花落在澄澈的碧湖中，缓慢地消融。

心即是境，境亦是心，心净则国土净。任由世间尘埃飞扬，那颗明净的心未沾染丝毫。所以，在这仲夏时节，还可以品味出一份清凉，是为修行，是为心的境界。

读一首词，实则是在读词人的心，读他的人生际遇，悲喜心情。而不同心境的人读出的词，亦会有不同的感受。都说知音难觅，对于好词好曲，喜欢的人无数，可是深知其味者，少之又少。

我读《清平乐》，不求成为后主的知音，更不会去猜测是否与他有过某段缘分，只是喜爱，不由自主地入了一种情境。这首词，也是李煜成为俘虏之后写的，一位亡国之君痛失山河的悲绝，被春愁离恨消磨，已是衣带渐宽，憔悴不已。

在我心里，更觉得这首词是在怀人，怀念那个令他倾付所有情感的女子。历史上不仅记载了这位南唐后主是如何丢失江山，如何沦为俘虏的，也记载了他的词风从艳丽到悲凉的转变，还记载了他一段刻骨铭心的爱恋。

李煜的生命中，有一位红颜知己——周后。也许，他成为亡国之君，是因为他懦弱的个性，以及宿命的安排。而周后影响了他一生的情感，将他的词作推向人生的顶峰。历史有时亦是慈悲的，愿意给这位多情皇帝添上璀璨的一笔。似乎一个深情的皇帝，就算昏庸无道，荒废朝政，也可以被谅解。

因为那些绝世而独立的佳人，本就是倾国倾城的。都说红颜祸水，其实祸水并不是红颜，而是那些爱上红颜的人。只是世间那些把持不住情欲的男子喜欢把责任推卸到柔弱女子的身上，似乎这样，他们就没有过错了。

南唐后主一生深爱的女子周后，名娥皇。她是红颜，但不是祸水。历史记载，她比后主大一岁，是个多情而贤惠的女子。她精通书史，善音律，尤工琵琶，常弹后主词调，为他歌舞。对后主来说，这样一个女子，是上苍赐予他的仙子。后宫粉黛三千，知己独一人矣。那些佳丽容貌固然美丽，有才情者亦不少，可是能够深入他灵魂之人，少之又少。

只有周后得到这位多情皇帝的专宠，故而成为他缘定一生的知己。他的词，只有她能读懂，而且她将他的词谱成音律，用情感唱出。所以李煜前半生为她写了许多深宫香艳之词，儿女柔情，风流韵事，都记载于词中。也许，这是后主一生最快乐的日子，鸳鸯共枕，罗带同心。

可是再美的爱情，也抵不过虚无的光阴，抵不过生死离别。

周后病了，在最具风华的时候病了，而且一病不起。后主与她朝夕相陪，为她衣不解带，如此挚情深意，也挽留不住她的生命。她就像一枚落叶，在赶往秋天的路上，匆忙而悲绝地消亡。

周后的死，令后主悲痛不已，他的词风，亦是在此时开始有了转变。从香艳旖旎，到感伤悲切，一切皆因情起。是周后开启了后主的灵思，让他无意做了词中之帝，虽为亡国之君，却被后世推崇到诸多帝王之上。

周后死了，后主又娶了周后之妹小周后，但我明白，有些爱，是不能取代的。他和小周后情感的开始，并不意味他与大周后情感的结束。因为，他带着对周后的思念，去了汴京，做了宋太祖的俘虏。无限往事，不堪回首，可也是这段不堪回首的往事，陪着他，度完那段痛苦寂寥的软禁生涯。

多少次午夜梦回，他都会惊醒，醒来后，眼角还流着伤情的泪。那不敢碰触的春愁，就像影子，追随在他左右。落梅似雪纷乱，撒在发梢、衣襟，才拂过，又沾满。曾经那么语笑嫣然，在枝头上的花朵，终究还是摆脱不了零落成泥的命运。就像他的香草美人，他的周后，香消玉殒，只留下一座孤冢，在遥远的故国。曾经权倾天下的帝王，如今想要折一枝鲜花插在她的碑前，取一杯薄酒浇在她的坟头都做不到。

燕子来时，音信无凭，山水迢遥，归梦难成。那满腔离恨就像春草，在寂寞的荒原，无有边际地疯长。每日每夜，他都让自己沉浸在对故国，对故人的思念里，因为只有这样，才可以减轻一个俘虏的屈辱，缓解内心的疼痛。

他被软禁在汴京的时候，失去了一切自由，他深爱的小周后，多次被宋太祖强行留于宫中，这样的耻辱，似万箭穿心。他唯有将所有的愁闷写进词中，唯有更加怀念当年与大周后的恩爱情深。仿佛如此，方不负他一生多情，不负此生最纯净、最美好的爱恋。

他渴望死亡，又惧怕死亡，因为死亡是一种解脱，死亡也意味着遗忘。他从来都是懦弱的，懦弱地统领天下，懦弱地画地为牢，懦弱地爱，懦弱地恨。就是这样懦弱了一生的男人，写下了那么多让人铭记一生的词。春来春去，残梦惊醒，他离死亡，只有一步之遥，而这一步，即将迈出……

他写完了“故国不堪回首”“一江春水向东流”之词就被宋太宗用一种叫牵机药的毒药赐死，缘由是他对故国之思没有丝毫的掩饰，虽是俘虏，仍做他的帝王梦。此心不容，唯有死，才可以了断他的一切。虽是酒后服药，但他仍旧死得很痛苦，全身抽搐，死后的姿态是头部和足部相接。一代帝王，连死，也这样没有尊严。

落梅如雪，拂了还满。这一生，就像冷傲的寒梅，曾经栖在高高的枝头，一片冰洁，风骨傲然，最后，零落成泥，无声无息。

知音少，弦断有谁听

《小重山》 岳飞

昨夜寒蛩不住鸣。惊回千里梦，已三更。

起来独自绕阶行。人悄悄，帘外月胧明。

白首为功名。旧山松竹老，阻归程。

欲将心事付瑶琴。知音少，弦断有谁听？

月光透过薄薄的纱帘，洒在桌案上，一盘棋、一张琴、一卷书，仿佛只有这样，才可以和尘封多年的旧事暗通心意。这轮明月，从古到今，看过人世沧桑，依旧是这般风采翩然。而我们，却再也回不到那一次高山流水的初相逢。

我一直相信，月光比阳光，更能清楚地照亮历史遗漏的角落。因为它明朗，清幽，它柔和，也多情。拨动历史那根锈蚀的琴弦，弹奏出苍凉悲绝的音调，是因为风尘劳累，还是因为知音已逝？千百年来，历史只不过更换了舞台，过往的英雄就真的成了道具吗？

填这首《小重山》的人，叫岳飞，历史上著名的军事家、抗金名将。他一生精忠报国，驰骋疆场，只希望马革裹尸，以祭山河。滔滔乱世，想要实现完美理想，收复旧日河山，不过是一场虚空的梦。自古英雄多寂寥，他最终被奸臣以莫须有的罪名所害，这似乎也是预料之中的事。

历史是一把用现实打磨的利剑，冷酷无情，它总是趁人不备就粉碎你的梦，连灰烬都不留下。世有伯乐，而后有千里马。世间恃才傲物、卓尔不群的人，无不希望自己得以遇明主，一展平生所学。纵为知音死，也不甘做别人的棋子，在界线分明的楚河汉界上，显山露水。多少人，一生不遇知音，宁可隐于闹市，或终老山林，都不愿在烟火人间，为他人作嫁衣裳。

浪花淘尽英雄，岳飞只是史册上一位风云人物罢了。被时光之笔写在宋朝的纸上，再也不能怒发冲冠，饮血疆场。他写《满江红》"三十功名尘与土，八千里路云和月。莫等闲，白了少年头，空悲切"又是多么豁达豪壮。是啊，三十多年的功名如同尘土，八千里的路程，不知道经过多少风云岁月。胸藏烟霞，心如皓月，在碌碌世间，等待一个赏识他的明主，可是知音未遇，身先死。

他写《小重山》不似《满江红》那样豪情万丈，却是借琴弦抒发心中无言的呐喊。是寒蛩将他从梦中惊醒，现实的无奈如烟云铺卷而来，不能入睡，他就独自绕着石阶缓步。帘外清冷的月光，照见他一片赤胆之心。

这一生，为南宋抗金，无数次浴血沙场，毫无怨言。他不为功名，只希望可以遇明君，慰藉平生寂寥。他是时代的英雄，他想收复中原万里河山，可是壮志难酬，君王的懦弱，奸臣的迫害，让他凄怆沉郁。也想脱下征袍，在月下独酌，享受恬然淡泊的人生。也想放马南山，捧一本《南华经》，坐拥青山碧水。

栏杆拍遍，山河依旧，那被战争搅乱的江水，混浊不堪，谁还能在浊浪中淘出真正的英雄？又或者说，谁还有心，去寻找真正的英雄？他在寂寞的黄尘古道策马奔驰，阵阵马蹄，踏碎山河。

他，岳飞，连同整个王朝，都在这一场战火中，被洗劫一空。宋朝的历史，从此覆盖了一层抖不去的尘灰。以为这样就可以埋葬屈辱，埋葬忠骨，可那些不死的魂魄，敢于直面惨淡的人生，还给英雄一世清白。

“欲将心事付瑶琴。知音少，弦断有谁听？”月光下，不知是谁，奏响了一曲《高山流水》，这首流传千年，也风行了千年的曲子，被无数人弹奏，却脱不去弦音里遗世的寂寞。这首曲子，在子期死，伯牙断琴后，其实就失传了，这么多年，被不同的人更来换去，或许连最初的那些音符都早已不同了。

可世人依旧乐此不疲地弹奏，为了表达自己天涯觅知音的情怀，为了避免那一段相逢隐埋于世。人生有太多的缺憾，江湖徙转，瞬间皆为泡影。我们总是希望将从前失去的慢慢找回，将残破的好好修补，而不去过问是否会适得其反，是否真的可以和好如初。

岳飞虽是武将，但他文才横溢，有儒将风范。他是寂寞英雄，满腔抱负，无人赏识，只将万千心事，付诸瑶琴，可是世无知音，苍茫人海中，又有谁来听他的弦声？所谓曲高和寡，尘世间，又有多少人可以真正地领会乐曲中的精妙？又或者说，谁可以真正领悟抚琴者弦中的意境和他心中的情怀？

伯牙绝琴明志，不仅是祭奠死去的子期，也为这世间再无知音而苦闷叹息。人生何处觅知音？也许世间万物，都可以成为知己，但人心太浮躁，觉察不到万物的性灵，以及情意，以为只有人才懂得情感，才有血有肉。而忽略了，一枚叶子，也会萌动相思；一粒尘埃，也在寻找归宿；一只蝼蚁，也会诉说情怀。它们在尘世间，有情有义地活着，是世人将它们淡漠疏离。

又或者，我们苦苦追寻的知音，其实是自己。世间万物，相互依存，也相互排斥，没有谁能够承诺，心永远如明月一样清澈。就连一杯白水，放久了，也要失去原味，会落入粉尘。

我们不要自信地认为，可以更改人生亘古不变的规律，往往就是因为太信任自己，反添了许多遗憾和怅惘。知音少，弦断有谁听？实在无人的时候，就弹给自己听，弹给心灵听，弹给存在于世间的万物听。

岳飞没能等到他想要的知音，琴弦断，身亦死。历史给他留了一块墓地，是为了证实他一生的清白，一个精忠报国的武将，没有什么比清白更重要。

“青山有幸埋忠骨，白铁无辜铸佞臣”。尽管秦桧这么多年一直跪在他的墓前，可是清风昭昭，明月朗朗，一切又何曾有过改变？他把一生托付于宋王朝，纵算以后有赏识他的明主，也是相逢太迟了。

不取封侯，独去作江边渔父

《鹊桥仙》 陆游

华灯纵博，雕鞍驰射，谁记当年豪举。
酒徒一半取封侯，独去作江边渔父。
轻舟八尺，低蓬三扇，占断蘋洲烟雨。
镜湖元自属闲人，又何必官家赐与。

一直以来，都希望可以在红尘深处，找一方净土，诗意地栖居。过上一种安静、清宁的生活，淡泊度日，滋养情怀。将一壶茶，从清晨喝到黄昏，一本书，从黑夜读到天明，一张老唱片，从昨天听到今日。

总会怀念幼时，坐在老旧的木楼上，看远去的雁南飞。坐在柳畔的木舟上，采折一朵长茎的莲蓬。坐在晒谷场上，等候一场老电影。有些时光，过去了，就永不复还，但我们还拥有现在和未来。在浮华中生几许禅意，于喧闹时怀几分淡然，这样，足矣。

从古至今，无论是帝王将相，还是市井布衣，都怀有各自不同的人生态度，接受命运所赐予的不同缘法。有人忙于追逐，哪怕散成凡间的风尘，也誓与世俗魂魄相依；有人安于现状，守住一个宁静的角落，无谓相离相弃。但每个人又都是矛盾的结合体，将自己抛掷在红尘深邃又混浊的水中，难以做到圆融通透。所以，会迷惘，会惆怅，会彷徨，也会失落。

初次读陆游这首《鹊桥仙》，只觉世间竟有如此好词，仿佛刹那就叩开了心中紧闭的重门，让以往的懦弱在片刻间瓦解。只想洒脱地放下牵绊，和陆放翁一起，去江边做闲钓日月的渔父，坐看云起，风月静好。春朝秋夕，此心如镜，看云卷云舒，缘起缘灭，皆自在寻常。那时候，云水只是云水，萍踪还是萍踪，悲无可悲，喜无可喜，又何须惧怕万丈红尘？

爱国诗人陆游，一生力主北伐，虽屡受排挤和打击，但爱国之情至死不渝。他饱经浮沉忧患，也多次生出闲隐之心，将豪放壮阔的爱国词风，转为清旷淡远的田园之趣，同时也渗透太多苍凉人生的感慨。

陆游在四十一岁时，买宅于山阴，就是如今的绍兴镜湖之滨、三山之下的西村，次年罢隆兴通判，闲居于此。西村宅院，临水依山，风景秀丽，他每日以清风白云为伴，心情亦自在明朗，暂忘朝廷的倾轧，边塞的战火。每日闲事渔樵，甚至倦于读书写字，只拿垂竿，去江边独钓，所以自号渔隐。

都说放翁身寄湖山，心系河岳，而这一首《鹊桥仙》意境深远，洒脱超然。虽然他在词的开篇，流露出他对戎马生涯的追忆。“华灯纵博，雕鞍驰射，谁记当年豪举。”那是他生命中刻骨铭心的岁月，所以才会如此一往情深。他在镜湖边，怀想当年华灯下，和同僚们一起纵情饮酒，赌博取乐，骑上彪悍的骏马，追风逐云，纵横驰骋。

只是，这样的豪举，谁还记得？“谁记”二字，道出了淡淡的无奈和遗憾，从华丽转向了落寞。词从他在南郑幕府生活写起，他初抵南郑时满怀信心地唱道：“国家四纪失中原，师出江淮未易吞。会看金鼓从天下，却用关中作本根。”他在军中的生活也极为舒畅，华灯纵博，雕鞍驰射，尽显豪情壮举。然而不到一年，朝廷的国策有了转变，雄韬伟略皆成空。

风流云散后，便有了这样的结局：“酒徒一半取封侯，独去作江边渔父。”那些终日酣饮耽乐的酒肉之徒，碌碌庸庸之人，反倒受赏封侯，而那些满怀壮志、才识渊博的儒生，霸气凌云、但求马革裹尸的英雄，却被迫投闲置散，放逐田园，做了江边的渔父。

也许那些酒肉之徒，懂得见风使舵，而英雄多傲骨，不屑于逢迎攀贵，故有了两种不同的结果和命运。一个“独”字，写尽了人生况味。我们甚至看到陆放翁掉头决然而去的傲然，好吧，你们这些酒徒，去封侯拜相吧，我不屑，我只独去，做江边孤舟蓑笠的渔翁，去朝觐绿水青山，清风斜阳。

他确实来到镜湖之滨，做了不问世事的渔父，“轻舟八尺，低蓬三扇，占断蘋洲烟雨。”在轻舟上，看湖光万顷，烟水苍茫，表达一种疏旷而清远的山水境界。“占断”二字，写得坚决而豪迈，此身寄于镜湖，不受任何俗事干扰。所以他才会骄傲潇洒地说：“镜湖元自属闲人，又何必官家赐与。”

是啊，这镜湖风月，源于天然，本就属于江湖闲散之人，又何须你官家来赐予，来打扰我的平静！唐代诗人贺知章老去还乡，玄宗曾诏赐镜湖一曲以示矜恤。而陆游就借这个故事，来表达他心中的愤然与不屑。既然皇帝要将我闲置，那百官之中没有我一席之位，我放逐江边，做个渔翁，无须你们批准，也与你们再无瓜葛。

陆放翁就是这样，在穷途末路之时，寻找到自己的天地。这世间的欲求总是太满，只是再满的欲求也不能填补虚空。因为，欲求本身就是一种空无，你追求的时候，它突然消失，你淡然的时候，却已经拥有。这首词，写出他啸傲烟水，不被束缚的放达，意境深远，读来荡气回肠。

之后，陆游还写了一首以渔父自称的《鹊桥仙》：“一竿风月，一蓑烟雨，家在钓台西住。卖鱼生怕近城门，况肯到红尘深处？潮生理棹，潮平系缆，潮落浩歌归去。时人错把比严光，我自是无名渔父。”这首词写出了渔父悠闲淡定的生活和心情，意境平和淡远。

看得出，他已经全然将自己当作一个江边渔父，一竿风月，一蓑烟雨，他连卖鱼都避开市场，又怎会去红尘追逐虚浮的名利？潮起打鱼，潮落归家，一壶老酒，一肩烟霞，他比独自披羊裘钓于富春江上的严光还要淡然。严光披羊裘垂钓，可见他还有求名之心，而放翁，只想做江边一个无名的渔父，无来无往。

可他真的做到了吗？直到死前，他还忘不了中原的平定，河山的收复。一个人，被别人剖释，是悲哀，被自己剖释，是充实。无论他是否做到，至少他曾经做过，在如镜的平湖里，我们还能看到他的影子。他说，我自是无名渔父，可我们都知道他的名字，叫陆游。

买花载酒，不似少年游

《唐多令》　刘过

安远楼小集，侑觞歌板之姬黄其姓者，乞词于龙洲道人，为赋此。同柳阜之、刘去非、石民瞻、周嘉仲、陈孟参、孟容。时八月五日也。

芦叶满汀洲，寒沙带浅流。二十年重过南楼。
柳下系船犹未稳，能几日，又中秋。
黄鹤断矶头，故人曾到否？旧江山浑是新愁。
欲买桂花同载酒，终不似，少年游。

忙里偷闲之际，总会心生一种莫名的冲动，一个人，背上简单的行囊，徒步天涯，去那些自己向往的角落。一路上，采几片云彩，挽几缕炊烟，拾一下心情，听几则故事。尽管我羡慕“白日放歌须纵酒，青春作伴好还乡”的惬意放达，但我更向往一段安静的旅程。

无须同伴，无须对话，看残山剩水，观人情世事。我敬佩那些经历无数沧桑磨砺，目光却依旧安详淡定的人。敬佩那些在世俗纷欲的权贵下，做到宠辱不惊的人。只是当我登上客船，于苍茫的天地间，竟不知去往何方。

在烟尘飞扬的路径上，我们都是这世间疲于奔命的人，来自天南地北，带着各自的追求和使命，以匆忙和缓慢的姿态行走。看尽红尘陌上花，在黑暗里绽放，于光明中凋谢。就像一段旅程的开始，一段旅程的结束，一样寻常。

一个人流转江湖，总会想起那么一句词：“欲买桂花同载酒，终不似，少年游。”买花载酒，于清凉秋日，诗意而风情。三秋桂子，禅意地开在遥远的枝头。曾经为了折桂酿酒，宁愿隔开别的季节，企盼流光快速更替，只愿于花下，红颜尽欢。秋天是一个让人安静的季节，让人舍弃一切诱惑，让自己遗落在某个叫霜降或寒露的节气里，只为那份薄凉。

这首《唐多令》是一个叫刘过的词人登武昌安远楼时所写。刘过，一个好言古论今，喜读书论兵，少怀志节，却屡试不第的文人。终生布衣漫游江南一带，以诗文会友于江湖，与辛弃疾、陈亮、陆游等人交往甚密，写下许多感慨国事，豪放悲壮的诗词。一个怀才不遇，一生不为帝王所用的寒士，他的诗词，他的感叹，难免会有一种不合时宜的惆怅和苦闷。

在偏安的南宋王朝，似乎始终没有刘过的立身之处。不是因为他缺乏政治谋略和才华，奉献不出辞赋，陈述不了良策，而是因为帝王不赏识他，没有机遇，所以得不到重用。他用忧郁的目光和激昂的文字，丈量着一寸寸的土地，却终究只是天涯倦客。一匹瘦马驮着形容憔悴的他，行走在秋风古道，老尽英雄，剑钝锋冷。

这是刘过重游故地的忆旧之作，二十年前，他曾在安远楼和朋友名士聚会，把酒畅谈人生，言论政治。二十年后重游此地，感慨今昔，此时的刘过已是垂暮之身，又逢朝廷乱局，看着浩渺江河，想自己一生怀才不遇，更是辛酸无比。

“芦叶满汀洲，寒沙带浅流。二十年重过南楼。”开篇之句就给这首词染了一层淡淡水墨的底色，笼罩了整幅画面，将思想意境定格。他居高临下，看汀洲残芦、浅流如带，这萧索的景象，让他想起二十年前离家赴试，在安远楼度过一段青春狂放的生活。二十年后，重返故地，拾起昨日的记忆，却拾不起流去的时光。以身许国的刘过“四举无成，十年不调”，仍然一袭布衣。

这一次，他依然是以一个过客的身份登楼。“柳下系船犹未稳，能几日，又中秋。”不过是暂时的歇脚，船还未停稳，也许就要启程。时序也这般催人，不几日，又是一年中秋。当年崔颢登武汉黄鹤楼，写下“黄鹤一去不复返，白云千载空悠悠”的感叹。

悠悠千古，多少人带着不同的情感，登楼追溯过往，探看未来。烟水苍茫，这空寂的楼阁，除了有过相聚和离别，能记住的，又有些什么？白云还在，唯黄鹤一去不返，似那无情的光阴。二十年前，如云烟过隙，二十年后，依旧只是来去匆匆。

“黄鹤断矶头，故人曾到否？”他登此楼，并不仅是追寻远去的黄鹤，不只是怀想故人，也不为悲秋、伤老。而是想登高探看壮丽的河山，如今又是如何被战争的阴影笼罩。“浑是新愁”让人感到莫大的愁苦，似有旧愁未拂尽，又被新愁层层覆盖，并且愁闷已经到了“浑是”的程度，没有任何舒展的空间。他空有壮志，却报国无门，面对这日渐沉落的江山，这般束手无策。

在无能为力之时，只能买上几坛桂花酒，消解郁积于心头的愁闷。“欲买桂花同载酒，终不似，少年游。”只是，国仇家恨，世事沧桑，又岂是三两盏花酒冲淡得了的？而这番登楼，再也回不到年少时的疏狂，不复当年的乐趣。就连酒中也融入了太多沉重的世味，又怎么能闻到年少时的青涩气息？

读罢这首词，就像在秋天品尝了一壶桂花酒，有萧索的凉意，亦有浓郁的馨香。刘过的《唐多令》，蕴藉含蓄，耐人咀嚼。他的词，不会拘泥于狭隘的思想情感、个人的病愁悲苦。刘熙载称道：“刘改之词，狂逸之中，自饶俊致，虽沉着不及稼轩，足以自成一家。”宋子虚赞誉他“天下奇男子，平生以气义撼当世”。

所以，刘过这首秋日吟唱，忧国伤时之作，要高于宋玉《九辨》单纯的寒士悲秋之感。他伫立楼阁高处，看到南宋王朝江河日下，不胜寒凉，悲痛不已。这首词别具一格的风味，也在他深沉的思想中呈现出来。

无论多么沉重悲愤的历史，都已散作烟尘。也许我们无须记住那段已远隔千年的王朝，以及那个王朝所历经的风云和没落，无须记住刘过写这首《唐多令》时，忧国悲怀的情绪，只需记住买花载酒的洒脱和闲逸。

那么，做个在尘世中轻松的行者，漫游各地，一壶酒，一剪风，不必快意恩仇，只安静行走。直到有一天，停下步履，立于秋天的路口，看庭桂，于清月下，静静开落。